너의 하늘을 보아

박노해 시집

# 너의 하늘을 보아

느린걸음

차례

# 그 약속이 나를 지켰다

그 약속이 나를 지켰다 11 내가 좋아하는 것들 12
꽃씨를 심어요 14 작게 살지 마라 16 죽은 강아지를 안고 18
내 책이 21 누구일까, 최초의 그 사람은 22 청매화 향기 날아오면 24
비움의 사랑 25 그러나 그러지 마라 28 못 견딜 고통은 없어 29
눈을 씻고 가자 31 문득 나만 홀로 남았다 32 둘러싸이라 34
젊음은 좋은 것이다 35 광야의 밤 38 내가 여행하는 이유 39
그날 아침 죽음이 내게로 걸어왔다 41 비난자 43 무장봉기 44
진정한 멋 46 10억 줄게 감옥 갈래 47 입춘立春이면 49 빌어먹을 신神 50
한순간에, 눈보라처럼 52 만년필萬年筆 53 지고 나르는 고통 56
역사의 무대에서 57 내가 죽고 싶은 자리 59 회상回想의 말 60
사랑과 의무 63 하얀 봄날에 64 나는 그냥 66 누군가 있으니 68
늘 단정히 69 중독자들 71 자기 해방의 태도 72 돌의 독백 73
신은 감사를 거절한다 75 세상이 조용해져 버린 날 76
가을은 짧아서 78 살다 보면 그래요 80 누가 보아주지 않아도 82

# 내 몸의 문신

이유 따윈 85 첫 걸음마 하는 아이처럼 87 차마 봄이란 말 대신 88
그 한 사람 89 초고는 쓰레기 91 접속과 소통 94 얼굴 속의 얼굴들 95
사랑은 끝이 없다네 97 아이들의 진실 99 내 몸의 문신 100
진달래 104 홀로 잠든 밤이 더 많았네 105 미치지 못한 내 눈빛 106
나무를 바라보자 108 지구별의 자장가 109 사생관死生觀 111
기억하라 112 오늘의 날씨 114 삶이 뭐라고 생각하니 115
너무 많아 너무 적다 117 젊음에 대한 모독 118 사랑한 만큼 보여요 121
아이가 온다 122 인생에서 슬픈 일 124 한밤에 목을 땄어 125
내가 해 봐서 아는데 127 돌고 돌고 128 감염感染된 사랑 129
진실의 광부 133 그래도 미움으로 살지 말거라 134 경계警戒 136
그녀가 지나갔다 137 계획을 지우고 비움을 세운다 139 시인의 사치 140
이 무서운 사랑 142 한잠 잘 자라 144 한국 사람들은요 145
최소한의 것만을 147 다 다르게 불리기를 148 그래도 지구는 돌고 150
별에 대한 가장 슬픈 말 151 내 인생의 모든 계절 153 세 발의 총성 154

## 젊음은, 조심하라

우는 걸 좋아한다 157 위대한 눈을 가져라 158 영혼의 연루자 161
수선화가 처음 핀 날 162 후에, 그 아이들이 163 비상등과 사이렌의 세계 165
핵존심 166 말이 없어도 168 책은 위험하다 169 그냥 먹는 게 아니제 171
여자한테 차인 날 172 젊음은, 조심하라 176 어머니가 그랬다 178
누가 우리를 여기에 179 봄이네요 봄 181 누구보다 열심히 살아온 나는 182
저기 사람이 있습니다 183 거목의 최후 185 오늘처럼만 사랑하자 186
사방으로 몸을 돌려 싸웠다 188 모두가 아무도 190 여행자의 기도 192
고요한 봄 194 괜찮아 괜찮아 196 고문 후유증이 기습한 밤에 197
돌 위에 앉은 개 한 마리 199 씨앗은 알아서 200 푸른 물빛은 붉게 물들고 203
너도 한번 털어보자 204 두 마음 205 아이에겐 필요해 206 다 공짜다 208
대중성이라는 무덤 210 사랑이 일하게 하라 211 메시는 영원하다 212
행복을 붙잡는 법 214 고맙다 적들아 216 사람이 영물이다 217
묻지 말자 219 싱그런 레몬 한 개 220 죽은 자들이 산다 221
예수를 패버리러 지옥으로 쫓아갔지 223 이별은 차마 못했네 225

## 나는 다만 나 자신을

이름대로 살아야겠다 229 무화과無花果 231 모처럼 사람을 만났다 232
안타까워라 235 별일이야 236 나무가 먼저였다 238 아버지 내 아버지 239
거룩한 바보처럼 242 나를 죽이던 시간이 확 돌아서 243
새떼와 나무 245 회갑回甲에 247 장기와 인생 249 정직한 시詩 250
나라가 망하는 길 252 그래도 복덕방 253 살아서 돌아온 자 255
바보의 대답 257 마음의 기적 259 설마, 그럴 리가 260
더없이 263 넌 아주 특별한 아이란다 264 나는 다만 나 자신을 266
동행자 267 상처를 남겨두라 268 돌려라 힘 271 봄불 272
선물은 신중히 273 나눔의 신비 275 수위水位를 바라본다 276
추억은 뜰채와 같아서 278 취한 밤의 독백 279 어쩌면 좋습니까 281
여자 문제라니 282 생각의 힘 285 젊은 날엔 남겨두라 286
매듭을 묶으며 288 내 뒤에는 백두대간이 있다 289 지구가 그랬다 291
나는 꽃도둑이다 292 정면으로 바라볼 때 295 성상聖像 296
너의 때가 온다 298 미래로 추방된 자 299

## 악에 대한 감각

자유는 강력한 사로잡힘 303 알리의 한 마디 305 안에서 들리는 소리 306
옥수수처럼 자랐으면 좋겠다 308 시대의 폭풍이 자신의 내면을 310
탁, 둥근 알이 깨질 때 311 악에 대한 감각 313 내 품속의 수첩에 315
나무들이 걸어간다 316 좋은 것은 좋게 쓰라 318 아픈 심장을 위하여 320
나의 독자는 삼백 명이다 321 박정희가 죽던 날 323 어린 짐승 325
동그란 길로 가다 327 뉴스 뒤에는 사람이 있다 329 저 하늘 어딘가에 330
해거리 331 삶이 불타고 있다 333 신이 된 과학 335 뱃속의 아이는 이미 336
지는 게 이기는 거란다 338 시묘侍墓의 생 339 가시가 있다 343
다 큰 어른이 345 유랑자의 노래 347 상처는 나의 것 349 가을 나그네 351
수수수수수 352 니체를 읽는 밤 354 수리매, 올빼미, 호랑이 356
아득하여라 357 과자 봉지의 뒷면을 읽듯이 359 뒤를 돌아보면서 361
이런 날, 할머니 말씀 363 선한 영향력이 있으니 365 연말정산 367
좌우左右에서 369 너의 어휘가 너를 말한다 370 내 인생의 주름 372
눈물 대신 노래를 374 최후의 부적응자로 375 끝에서 나온다 378

## 언제나 사랑이 이긴다

꽃은 짧아서 381 하늘을 보는 소년 382 봐라, 돌아온다 384
과거의 씨앗들이 꿈틀대고 385 나의 귀인이 되어주실라요 386
주목注目한다 389 좋은 사람을 좋아할 뿐 391 밤은 반란자들의 공화국 392
그대로 두라 394 엄마에게 395 목화는 두 번 꽃이 핀다 397 스승과 제자 399
태양만 떠오르면 우리는 살아갈 테니 400 사랑은 가슴에 나무를 심는 것 402
비는 땅에서 내린다 404 무겁게 가볍게 406 그런 밤이 있다 407
게릴라의 노래 409 악몽 속에 계시가 온다 411 언제나 사랑이 이긴다 412
어떤 일이든 415 오늘은 선거 날 416 혐오가 나를 오염되게 하지 말라 419
당나귀 420 사랑이 되기 422 관상觀想 휴가 423 맞춰가면 밟히리라 426
인간은 서로에게 외계인이다 427 좋은 죽음 428 사인을 받았다 429
숲에서 시작되죠 431 네 안의 시인 432 성장하기 위해서는 434
가혹한 노년 435 가난한 가을날에 437 코로나 성탄절 439 촛불을 켜라 442
사랑은 죽음보다 강하다 443 사라진 별들 445 누구의 것인가 446
나무야 부탁한다 447 새 푸르게 기억하라 450 우주 끝까지 가볼 참이야 452

## 별은 너에게로

진짜 나로 455 냉정한 것같이 456 동백꽃 457 폭풍의 끝에 459
길 잃은 희망 461 우는 능력 462 나를 갖고 논다 464 존재의 정점 466
사랑이 그러네요 467 세상의 끝에 469 떨림의 생 470
가을볕이 너무 좋아 473 인간은 영원한 신비다 474 산닭의 잉태 476
새해에는 간절하게 478 진실은 찾아오라 한다 479 시가 괴로운 밤에 480
어머니의 꽃등불 483 맑은 눈의 아이야 484 행복은 비교를 모른다 486
그대가 없는 이 지구는 487 안 되면 안 한다 489 위선자들 490
그냥 참아요 492 첫눈이 함박 내리면 493 침향沈香 495
형벌처럼 이렇게 497 금이 가는 가슴 499 다시 꿋꿋이 살아가는 법 500
내 옷을 입고 죽고 싶다 501 향사전언香死傳言 504
늘 새로운 실패를 하자 505 고독의 나무 507 자유는 위험과 함께 508
내 인생의 마지막 계절이 오면 509 봉숭아 꽃물 511 말라 죽은 나무에 512
별은 너에게로 515 끝에서 청춘 516 그리움이 길이 된다 518
시인의 각오 520 가라, 아이야 521 너의 하늘을 보아 524

그 약속이 나를 지켰다

# 그 약속이 나를 지켰다

널 지켜줄게
그 말 한 마디 지키느라
크게 다치고 말았다
비틀거리며 걸어온 내 인생

세월이 흐르고서 나는 안다
젊은 날의 무모한 약속,
그 순정한 사랑의 언약이
날 지켜주었음을

나는 끝내
너를 지켜주지도 못하고
깨어지고 쓰러지고 패배한
이 치명상의 사랑밖에 없는데

어둠 속을 홀로 걸을 때나
시련의 계절을 지날 때도
널 지켜줄게
붉은 목숨 바친
그 푸른 약속이
날 지켜주었음을

# 내가 좋아하는 것들

나는 사람들을 좋아한다
그래서 혼자 있기를 좋아한다

나는 말하기를 좋아한다
그래서 깊은 침묵을 좋아한다

나는 빛나는 승리를 좋아한다
그래서 의미 있는 실패를 좋아한다

나는 새로운 유행을 좋아한다
그래서 고전과 빈티지를 좋아한다

나는 도시의 세련미를 좋아한다
그래서 광야와 사막을 좋아한다

나는 소소한 일상을 좋아한다
그래서 거대한 악과 싸워나간다

나는 밝은 햇살을 좋아한다
그래서 어둠에 잠긴 사유를 좋아한다

나는 혁명, 혁명을 좋아한다
그래서 성찰과 성실을 좋아한다

나는 용기 있게 나서는 걸 좋아한다
그래서 떨림과 삼가함을 좋아한다

나는 나 자신을 좋아한다
그래서 나를 바쳐 너를 사랑하기를 좋아한다

## 꽃씨를 심어요

지난 가을
그대가 보내준 편지봉투에
꽃씨를 받아 넣었죠

눈 내리는 겨울밤에
책장 선반 구석에서
봉투 안의 꽃씨들이
소곤소곤 속삭이는 소리에
몸을 뒤채며 봄을 기다렸죠

첫 봄비가 내리고
그대가 보내준 편지를 다시 읽으며
봉투에 간직해온 꽃씨를 심어요

내가 여기 태어나
지구에서 가장 좋아하는 건
꽃과 나무, 그리고 그대이죠

비바람과 눈보라 속에서도
원망하지도 않고 포기하지도 않고
최선을 다해 꽃과 향기를 내어주고

한 생의 결실을 이 작은 꽃씨에 담아
긴 겨울날을 우리 함께 걸어왔죠

좋지 않은 일들이 한꺼번에 오고
좋지 않은 자들이 봄을 밟고 와도
눈 녹은 땅에 꽃씨를 심어요

지구에서 보낸 한 생의 길에서
곧고 선한 걸음으로 꽃을 피워온 그대
사랑이 많아서 슬픔이 많았지요
사랑이 많아서 상처도 많았지요

그래도 좋은 사람에게 좋은 일이 오고
어려움이 많은 마음에 좋은 날이 오고
눈 녹은 땅에 씨 뿌려가는 걸음마다
봄이 걸어오네요
꽃이 걸어오네요

# 작게 살지 마라

내 힘으로 공들여서
쟁취하지 못한 것은
나의 것이 아니다

받을 권리가 있다고 여기고
받는데 익숙해지면
늘 받기만 바라는 존재로
퇴화해 갈 것이다

쟁취하라, 오직 자신의 힘과 분투로
그리하면 두 가지를 얻게 될 것이다

쟁취한 그것과
언제든 새로운 것을 쟁취할 힘과
가능성의 존재인 자기 자신을

작게 살지 마라
작아도 작게 살지 마라

소소하고 확실한 행복을 따라가다 보면
소소한 것들이 기쁨이 되고 고통이 되고

소소한 것들이 전부가 되고 상처가 된다

작게 살지 마라
지금 가진 건 작을지라도
인간으로 작게 살지 마라

# 죽은 강아지를 안고

죽은 강아지를 안고
걸어간 적이 있다
생각보다 무거웠다
이 자그만 생의 무게도

언덕 위 구석 자리에
구덩이를 파 묻어주었다
예상보다 힘들었다
이 짧은 이별의 깊이도

죽어간 것들은 무거웠다
진정 사랑하다 죽어서
내 품에 안고 걸은 것들은
두고두고 무거웠다

어린 참새와 동박새, 병아리,
개한테 물려 죽은 아기 염소,
절룩이다 쓰러진 늙은 백구,
끝내 눈도 못 뜨고 죽은 송아지

어느 철길과 해변과 벼랑에서

공단 변두리와 철책선 인근에서
의문사로 던져진 피 묻은 동지들,
죽은 내 어머니와 사랑의 사람들

그들의 생은 생각보다 무거워서
나는 안지도 업지도 못하고
푸른 생나무 가지 위에 눕혀
질질 끌고 나아가야 했다

아무리 무거워도 널
좀 더 높은 시대의 언덕까지
기어이 안고 올라야 했는데,

아무리 힘들어도 널
좀 더 깊은 대지의 심장까지
오롯이 파고 묻어야 했는데,

황급히 퇴각해야 했던 그날처럼
제대로 묻어주지 못하고 달려온 나는
이제야 알 것만 같다

계절의 바람이 바뀌어 불 때나
어둠 속에서 별을 바라볼 때면

그이들이 가만가만 날 흔들고 있다는 걸

진정 사랑하다 죽어서
내 품에 안고 걸어가 묻어준 것들은
그 무게와 깊이만큼 생생히 살아있다

진정 사랑했으나 끝내
푸른 나무로 심어주지 못하고
저 바람 속에 어둠 속에 두고 온 이들은
두고두고 날 울리며 내 안에 살아있다

# 내 책이

내 책이 300부가 팔렸다, 좋다,
3천 부가 팔리고 3만 부가 팔리자
슬그머니 겁이 나고 무서워졌다
10만 부가 되어가자 아이쿠,
난 무릎을 꿇고 용서를 빌었다

뭔가 잘못된 것이다
내가 잘못한 것이다
10만 명이 읽었는데도 세상 사람들에
근본적 변화가 일어나지 않는 책은
그냥 간식거리거나 쓰레기일 테니

# 누구일까, 최초의 그 사람은

누구일까, 최초의 그 사람은
산악의 염소나 따 먹던 빨간 열매를
커피로 볶아내 오늘 인류의 만남 가운데
그윽한 향기로 놓아준 사람은

누구일까, 최초의 그 사람은
들짐승이나 씹어 먹던 억센 풀을 길러
오늘 김 오르는 쌀밥으로 구수한 빵으로
식탁 위에 올려 놓아준 사람은

누구일까, 최초의 그 사람은
땅바닥에 떨어져 썩어가던 과실을 빚어
오늘 붉은 술잔을 부딪쳐 가슴을 데우며
미소 짓고 노래하게 한 사람은

누구일까, 최초의 그 사람은
나를 이토록 떨림으로 뒤흔드는
시와 노래와 그림과 춤과 기도와
숭고하고 아름다운 것들을 낳아준 사람은

누구일까, 최초의 그 사람은

산맥과 광야와 사막과 설원을
헛디딘 발걸음으로 구르고 헤매며
오늘 너에게로 가는 길을 내어준 사람은

누구일까, 최초의 그 사람은
금기된 미지의 것을 향해 첫발을 내딛어
삶의 영토와 인간의 지경을 넓혀준
최초의 패배자, 그 고독했던 사람은

누가 알까, 오늘 여기의 그대가
불가능한 이상을 품고 다른 길을 여는
최초의 그 사람이 될지, 누가 아는가
지금 감히 누가 안단 말인가

# 청매화 향기 날아오면

시린 바람결에
청매화가 핀다네

눈길을 걸어온
청매화가 핀다네

그 향기 날아오면
내가 온 줄 아소서

그 눈물 흘러오면
그대인 줄 알 테니

# 비움의 사랑

없네
네가 없네

해는 뜨고 별이 떠도
네가 있던 그 자리엔
네가 없네

나 그렇게 살아가네
비움으로 살아가네

사랑이 많아서
비움이 커져가네

너와 함께한 말들도 비워지고
너와 함께한 색감도 비워지고
너와 함께한 공기도 비워지고

나 홀로 있는
비움의 시간이 많아지네

여기 이 자리에 네가 없어도

난 네가 차지했던 그만큼의 공간을
그대로 비워두려 하네*

그 무엇으로도 채울 수 없어
나는 결여된 사람이 되어가네

나는 비움의 파수꾼
나는 빈 사랑의 수호자
비움으로 너를 지키려 하네

이제 그 자리에 네가 없네
그 비움의 자리에 내가 사네

살아남은 사람은 어쨌든
다시 살아야 한다는 걸
나도 모르는 바 아니나

이 가득한 세계 한가운데서
나는 점점 제외되어가네

사랑이 많아서
비움이 커져가네

슬픔이 많아서
비움이 푸르르네

비움이 깊어서
가득한 사랑이네

*25살에 총에 맞아 죽은 래퍼 투팍 샤커Tupac Shakur의 어머니 아페니 샤
커Afeni Shakur의 글에서 일부 따옴

# 그러나 그러지 마라

그들은 빛도 없이 떠나가리라
그들은 지혜 없이 늙어가리라
그들은 사랑 없이 연명하리라
그들은 희망 없이 죽어가리라
그들은 제사 없이 잊혀가리라

그러나 그러지 마라
그래도 그러지 마라
그러니 그러지 마라

# 못 견딜 고통은 없어

젊어서 못 견딜 고통은 없어
견디지 못할 정도가 되면
의식을 잃거나 죽고 마니까
살아있다면 견디는 거지

고통에도 습관의 수준이 있어
그러니까, 고통을 견뎌내는
자기 한계선을 높여 놓아야 해

평탄한 길만 걷는 자들은
고원 길이 힘들다 하겠지
젊은 날엔 희박한 공기 속에서
무거운 짐을 지고 걸어봐야 해
더 높은 길을 탐험해 본 자에게
고원쯤은 산책 길일 테니까

자신의 두 발로 생존 배낭을 지고
한 걸음 한 걸음 묵직이 올라서던
심장이 터질 듯한 그 벅찬 길이
자긍심이 되고 그리움이 될 테니까

사람들은 정작 자기 시대가
얼마나 좋은 시대인지를 모르지
나만 고통스럽고 나만 불행하고
나만 억울하다고 체념하지

인간에게 있어 진정한 고통은
물리적 몰락이나 통증이 아냐
심리적 몰락이고 영혼의 붕괴이지
우린 인간 자신으로 강해져야 해
고통에 민감하되 잡아먹혀선 안돼

젊어서 못 견딜 고통은 없어
고통을 견디는 강도만큼이
잉태의 크기이고 희망의 크기야
고통받을 그 무엇도 하지 않으면
무엇도 아닌 존재가 되고 말 테니까

# 눈을 씻고 가자

아가 눈을 씻고 가자

장에 다녀오는 길에 할머니는
동네 입구 샘터에서 눈을 씻겨 주시네
좋지 않은 모습이나 험한 것을 볼 때마다

아가 눈을 씻고 가자

바라보는 건 눈으로 어루만지는 것이어서
그걸 자기 마음속으로 끌어오는 것이니
사람은 눈을 잘 보호해야 하니라

아가 눈을 씻고 가자

늘 시선을 바르게 유지하거라
그래야 맑은 눈빛에 마음이 빛나고
언행이 바로 서는 법이란다

아가 눈을 씻고 가자

# 문득 나만 홀로 남았다

비로소 끝이 보인다
내 마지막 투신의 때
더 이상 붙들 것도 없다
더 이상 잃을 것도 없다

저문 가을날
지상을 돌아보면
문득 나만 홀로 남았다

붉게 익은 목숨은
바닥에 떨어져도
서러운 이별이 아니다

이 한 순간을 위해
나 찢긴 청춘의 수의를 입고
처절하게 매달리고 나부끼며
여기까지 몸부림쳐 왔다

텅 빈 가을 하늘에
외롭게 걸린 목숨 하나
우는 새야

내 마지막 투신을 슬퍼 마라

단 한 번 크게 던진
내 삶의 절정
낙과落果

# 둘러싸이라

건강함을 기원하라
그리고 그 생기에 둘러싸이라

아름다움을 추구하라
그리고 그 빛에 둘러싸이라

고귀함을 갈망하라
그리고 그 인연에 둘러싸이라

사랑, 사랑에 투신하라
그리고 그 신비에 둘러싸이라

속셈 없이 구하여라
그리고 그 응답에 둘러싸이라

간절하게 구하여라
그리고 그 하나에 응답하여라

# 젊음은 좋은 것이다

세상은 젊음의 무대
젊음은 좋은 것이다
새롭고 좋은 것들은 다
젊음의 것이다

젊음이 없는 나라는
아무리 부귀해도 앞날은 내리막이고
젊음이 없는 성소는
아무리 거룩해도 비탄의 성가가 흐르고
젊음이 없는 도서관은
아무리 높아도 소멸의 기운이 감돌고
젊음이 없는 조직은
아무리 잘해도 석양의 종소리가 울리니

젊음은 언제나
그 자체로 승리자인 것
젊음으로 너는 잠깐
세상을 다 가졌다

아 그러나 젊은이는 정작
젊음이 얼마나 귀한 줄 모른다

자신의 밭에 보물이 묻힌 줄도 모르고
헐값에 팔아 넘기려는 자처럼

젊은 날의 고결한 이상과
젊은 날의 탐험의 열정과
젊은 날의 투쟁과 상처가
얼마나 위대한 걸 심어가는지 모른다

그리하여 오늘의 젊음은
젊은 육체에서 추방당해
밤이 오면 그의 꿈길을 헤매며
그의 가슴을 두드리고 있으니

남김없이 사르지 않은 젊음은
늙고 병든 육신에 지고 가야 할
집착과 회한의 무거움이니,
젊음을 잃어버리고 나서야
생애 내내 젊음을 갈망하느니

그러니 젊음이여,
짧아서 찬란한 그대의 날들에
고개를 들어 앞을 바라보라
웅크린 어깨를 펴고 곧게 걸어라

무기력 하기보다 무모해져라
불평만 하기보다 불온해져라
비틀거리며 넘어져도 다시
젖은 눈으로 달려가라

힘은 네게 있고
빛은 네게 있고
너는 지금 젊음 그 자체로
이미 승리자이니

## 광야의 밤

광야의 밤은
어둠이 크다

오늘 밤은
야생화 요를 깔고
별 이불을 덮고
바람의 노래로
잠이 든다

그대만 곁에 있으면
좋은 밤이련만

## 내가 여행하는 이유

여행을 떠나지 않은 이에게
세상은 한쪽만 읽은 책과 같아

탐험을 나서지 않은 이에게
인생은 반쪽만 펼친 날개와 같아

자신이 누구인지 알기 위해서는
자기 밖의 세계로 여행을 떠나야 한다

나 자신마저 문득 낯설고
아득해지는 저 먼 곳으로

하지만 낯선 땅이란 없다
단지 여행자만이 낯설 뿐

가자 생의 순례자여
먼 곳으로 더 먼 곳으로
더 높고 깊은 곳으로

미지의 어둠 속에서 밝아오는
그 빛이 내 가슴을 관통하여

편견과 확신이 사라진 자리에
진실의 광채가 감돌게 하라

내가 여행하는 이유는 단 하나
나에게 가장 낯선 자인
나 자신을 탐험하고 마주하는 것

그 하나를 찾아 살지 못하면
내 생의 모든 수고와 발걸음들은
다 덧없고 허무한 길이었기에

# 그날 아침 죽음이 내게로 걸어왔다

그날 아침
죽음이 내게로 걸어왔다

죽음이여 가까이,
조금 더 가까이

네가 멀어질수록 모닥불처럼
나는 서서히 사위어 간다

어둠 속 눈 푸른 늑대 무리에 둘러싸여
횃불을 휘두르며 전진하는 소년처럼
나는 삶과 죽음이 바싹 달라붙어 있는
절박한 걸음으로 살아있었으니

죽음이여 가까이,
조금 더 가까이

네가 다가설수록 활화산처럼
나는 치열한 생의 불로 타오른다

산정 암벽 끝에서 허공에 등을 대고

뒷걸음질로 최후까지 대치하는 소년처럼
나는 죽음이 내게로 걸어올 때마다
생생한 떨림으로 살아있었으니

죽음이여 가까이,
다시 더 가까이

# 비난자

나를 안다 하는 사람은 많으나
나를 알아보는 사람은 없어라

나를 알지도 못하고 비난하는 사람은
얼마나 고마운 나의 일꾼들인가
그가 내게 쏜 화살이 빗나가는 것을 보고
나는 나의 위치를 올바로 점검한다

그들은 나에게 거기에
그렇게 머물러 있으라 요구하나
난 이미 여기 와있고
나날이 새로와지고 있는 중이니

# 무장봉기

아침 산책 길에서 벌침에 쏘였다
내 뺨에 침을 꽂고 날아간 벌은
잠시 후 비틀거리다 허무하게 죽어갔다

벌은 나에게 왜 그리 한 걸까
실수로 자기 집을 밟은 적인 나를
죽이지도 쓰러뜨리지도 못하면서
일생의 단 한 방, 목숨의 침을 쏘고
왜 기꺼이 죽어가기를 각오한 걸까

나는 점점 부어오르는 뺨의 통증을 느끼며
생각에 잠겨 산길을 내려온다

나 또한 우리 삶을 망치는 것들에 맞서
적의 심장을 찌르는 비수가 되어
기꺼이 죽기를 각오한 날들이 있었다
단 하나뿐인 목숨을 걸고 뛰어든 나는
적들에게 겨우 벌침 한 방 정도였을까

하지만 나는 뜨거운 통증과 함께 알게 되었다
그날 이후 내가 벌침을 두려워하고 있음을

행여 벌집을 건드리지 않을까 긴장하고 있음을
만일 그 작은 벌들이 한꺼번에 달려든다면
나도 목숨 건 그들과 함께 죽어갈 수 있음을

봉기蜂起라는 것!
벌떼처럼 일어나 달려든다는 것
아주 작은 최후의 무기인 벌침을 품고 일어서
저 거대한 구조악의 실체를 쏘아버린다는 것

시대가 변하고 모순이 변하고 적 또한 변해도
저들이 정말로 두려워하는 단 하나는
목숨 걸고 달려드는 작은 자들의 봉기,
무장봉기라는 것

# 진정한 멋

사람은 자신만의
어떤 사치의 감각이 있어야 한다
자신이 정말로 좋아하는 것을 위해
나머지를 기꺼이 포기하는 것
제대로 된 사치는 최고의 절약이고
최고의 자기 절제니까

사람은 자신만의
어떤 멋을 간직해야 한다
비할 데 없는 고유한 그 무엇을 위해
나머지를 과감히 비워내는 것
진정한 멋은 궁극의 자기 비움이고
인간 그 자신이 빛나는 것이니까

# 10억 줄게 감옥 갈래

몇 년 전 아이들에게
10억 원 주면 감옥 1년 살 텐가
설문조사를 했더니 다수가
감옥 가겠다는 보도를 놓고
아이들 인성이 이 지경이라며
교수님들이 개탄을 하시었다

아니, 이건 인성의 문제도
가치관 문제도 아니다
질문 자체가 틀려먹었다
10억 주면, 나도 감옥 1년 살겠다
그들이 묻지 않은 건
무슨 악행의 대가냐는 것이다

감옥은 아무나 가나
감옥 선배인 내가 좀 알지
세상과 타인에 해악질 않고
약자와 생명을 망치지 않고
그냥 감옥살이하는 게
어디 가능이나 한가

묻는다고 다 답하지 마라
어떤 설문조사도 여론조사도
섣불리 답하거나 믿지 마라
우린 예, 아니오 답하기 위해
정해진 답을 맞히기 위해
태어난 존재가 아니다

저들의 잘못된 질문에 무시를
저들의 의도된 질문에 경멸을
언론의 보도와 꼰대의 개탄에 주먹을

# 입춘立春이면

입춘이면 몸을 앓는다
잔설 깔린 산처럼 모로 누워
은미한 떨림을 듣는다

먼 데서 바람이 바뀌어 불고
눈발이 눈물로 녹아내리고
언 겨울 품에서 무언가 나오고

산 것과 죽은 것이
창호지처럼 얇구나

떨어져 자리를 지키는 씨앗처럼
아픈 몸 웅크려 햇빛 쪼이며
오늘은 가만히 숨만 쉬어도 좋았다

언 발로 걸어오는 봄 기척
은미한 발자국 소리 들으며

# 빌어먹을 신神

신은 한번도 나를 도와주지 않았다
일곱 살 때 아버지를 빼앗아 갈 때도
노동자로 천대받고 억울하게 짓밟혀도
참혹한 지하 밀실 고문장의 절규에도
사형을 받고 무기징역을 살 때에도
30년을 음해와 비난에 상처 깊을 때도
격려 한번 행운 한번 주지 않았다

신은 기껏해야 내가 울며 기도할 때면
슬그머니 다가와 '나 좀 도와주지' 매달렸고
나는 지옥에나 가보라고 말해주었다

그는 자신이 가진 유일한 권능이
영속성이라는 듯 끈질기게 찾아와서
내가 세상에 헌신할 순 없지 않느냐고,
네가 가난하고 고통받는 사람들의
심정을 잘 아니 나 좀 도와달라고,
대신 특별히 아껴둔 선물을 주겠다고,
고난과 고독과 피와 눈물을 주노라고

정말 뻔뻔하고 빌어먹을 신이었다

평생 누구 한번 때리지 않고 살아온 나는
그 잘난 신을 향해 주먹을 움켜쥔 순간,
그는 이미 피투성이 얼굴이었다
오래전부터, 어쩌면 그를 발견한 역사 내내

나는 울음 섞인 목소리로 그에게 말했다
좋아요, 어차피 고난의 인생길에 우리
각자의 싸움을 어디 함께 해보십다
빌어먹을 신과의 합작은 그렇게 시작됐다

이제 와 문득문득 생각하느니
인생 내내 고생 참 달다
빌어먹을 신의 선물

# 한순간에, 눈보라처럼

창밖엔 눈보라가
몰아치고 있었다

방 안은 따뜻했고 아늑했고
그때 돌 하나가 날아와
우리를 감싸주던 유리창이
와장창 내려앉았다

한순간에
눈보라처럼 진실이 몰아쳐왔다

한꺼번에
차단된 생의 진실이 엄습해왔다

## 만년필萬年筆

깊은 밤에 30년째 쓰고 있는
만년필에 잉크를 채우다가
심하네, 만년필이라는 이름이
꽃향기가 천 리까지 간다는
천리향만큼이나 심하네

만 년이 지나도 계속 쓸 수 있다는
만년필이라는 네 이름이 좀
쑥스럽지 않나 싱긋 웃었더니
검은 눈동자를 흘기며 토라진다

끝없는 열정과 시시한 재능을 함께 가진
시인의 성실성과 끈질김 때문에
다른 사람 천 년 쓸 글씨를 이미 다 썼다고,
잉크가 조금씩 새고 매끄럽게 닳은 펜촉에
글씨가 조금 굵어진 것 말고는 진짜 만 년 간다고,
백 년도 못 사는 나를 바라보며
나는 만년필이다 위엄을 부린다

그래 미안, 미안하다
나랑 너랑 같이 30년 동안이나

내 첫마음을 네 첫 펜촉으로 새기며
막막한 흰 설원의 여백 위를 걸어
우리 또박또박 여기까지 왔으니

내 인생의 어떤 사람도 어떤 사물도
이렇게 늘 내 살가이 붙어서
생의 가장 깊은 시간과 아득한 심정과
깊은 슬픔과 분노와 불안과 고독과
긴 밤을 지새운 동반자가 또 누가 있겠는가

만년필로 사박사박 글을 써 가니
우쭐해진 만년필이 그런다
난 만 년이 지나도 계속 쓸 수 있을 테니
그대가 쓰는 시와 생각과 마음씨가
만 년이 지나도 계속 살아있게 하라고

그래, 만 년의 도구로
백 년의 글을 쓸 순 없지

이 나이 되도록 난 이런 경지에 밖에 못 왔으나
만년필이여 나를 너무 무시하지 마라
너무 재촉하지도 너무 실망하지도 마라
너를 쥐고 죽기 전까지 난 아직 끝나지 않았다

언젠가 어느 날인가
이제 와 내가 죽을 때
나는 단 한 권의 책을 쓰고 말 테니

30년 동행 길에 나도 닳았고 너도 닳았으나
나는 오늘도 필사적인 몸부림으로
나날이 새롭고 갈수록 깊어지는
만 년에 빛나는 글을 쓰고 말 테니

# 지고 나르는 고통

쓰지 않는 젊음은 지고 나르는 우울이다

돌지 않는 권력은 지고 나르는 부패이다

놓지 않는 소유는 지고 나르는 사슬이다

살지 않는 지식은 지고 나르는 어둠이다

주지 않는 사랑은 지고 나르는 고통이다

# 역사의 무대에서

역사는 자기 방식으로 일을 해요
하늘은 다른 길로 뜻을 이뤄가요


한 시절 악의 세력이 승리해도
너무 슬퍼하지 말아요
오래 절망하지 말아요


그들은 지금 자신들을 통해
거짓과 죄악의 실체를 드러내며
역사의 무대에서 자기 배역을
충실히 수행하는 중이니까요


역사는 돌아서 보면
장엄하고 아름다운 연극이죠
선도 악도 어쩌면 하나의 배역
성취도 고난도, 승리도 패배도,
하나의 낮과 하나의 밤이죠


그러니 희극에 도취하지 말아요
그러니 비극에 낙담하지 말아요

어둠 속에서 패배 속에서
서로 함께 묵묵히 걸어가요
밤이 오고 또 밤이 오고
별이 뜨고 아침이 와요
또 봄이 오고 또 새날이 와요

# 내가 죽고 싶은 자리

사람들은 흔히 말한다
하루하루 살아간다고


그러나 실은 하루하루
죽어가는 것이 아닌가


우리 모두는 결국
죽음을 향해 걷고 있다


언젠가 어느 날인가
죽음 앞에 세워질 때


나는 무얼 하다 죽고 싶었는가
나는 누구 곁에 죽고 싶었는가


내가 죽고 싶은 자리가
진정 살고 싶은 자리이니


나 지금 죽고 싶은 그곳에서
살고 싶은 생을 살고 있는가

## 회상回想의 말

산마을에 눈이 내리면
회상에 잠기기 좋은 밤이다
테라스 난로에 장작불이 타고
찻주전자가 하얀 김을 뿜어내면
회상의 말은 나를 태우고
살아온 시간을 거슬러
주마등走馬燈처럼 달린다

어둠 속을 달리던 말은
천천히 걷다가 질주하다가
오직 그곳에만 등불이 켜진 듯한
그때 그 자리로 나를 데려다 놓는다

좋았던 날들도 많았는데,
내가 빛나던 시간들도 있었는데,
그곳들은 눈보라처럼 스쳐 지나가고

내가 가야만 했으나 가지 못한 길들과
내가 해야만 했으나 주지 못한 사랑과
잘해주고 싶었으나 어찌하지 못해서
눈물겹고 애가 타던 회한의 자리로,

그 상처의 시간으로 날 데려가는 걸까

회상의 말은 눈 내리는 밤길에
등불을 들고 서 있는 사람들 앞으로
천천히 다가가 걸음을 멈춘다

거기, 내가 상처 준 이들의 얼굴이
아직 못다한 내 사랑의 사람들이
내 안에 살아있는 앞서간 그이들이
너무 오래 기다려 하얗게 눈을 쓴 채
말없이 나를 바라보고 있다

나는 두 손으로 얼굴을 가리고 흐느끼는데
그이들이 언 외투를 벗어 내 등을 덮어주고
등불을 높이 들어 내 여윈 얼굴을 비추며
볼을 어루만지고 등을 토닥인다

그이들 곁에 조금 더 머물면 좋으련만
말은 길을 돌이켜 전속력으로 눈길을 달려
다시 나를 여기에 데려다 놓는다
나는 한동안 눈을 맞고 서 있다가 이랴,
말 등을 때려 저 별들 사이로 돌려보낸다

눈 내리는 밤은 회상의 말을 타고
내가 지나쳐 온 나 자신과
내가 멀어져 온 얼굴들과
내 상처 속의 아스라한 빛을 만나기
좋은 시간이다

눈이 내린다

## 사랑과 의무

사랑을 하면
의무를 잊는다네
한밤의 태양처럼

때로 의무를 위해
사랑을 잊어야 하네
한낮의 별빛처럼

언제나 사랑을 위해
그 사랑 잊어야 하네

그래도 사랑하네
그래도 일을 하네
별빛처럼 태양처럼

## 하얀 봄날에

하얀 천에 씌워진 인간의 봄날에
벚꽃 날리는 시대의 상여喪輿 길에
나는 검은 옷을 입고 애도하듯
최후의 게릴라처럼 홀로 걷는다

문득 죽음 같은 고요가 밀려온다
하이얀 얼굴들의 차가운 공기가
거리마다 혁명 없는 잔싸움이
병적인 우울과 무력한 일상이
숨이 죽어가는 고요한 봄날이

그러나 멈춰버린 세계에도
땅속 씨앗이 눈을 뜨는 소리
봄비가 새싹을 적시는 소리
산새가 울며 알을 낳는 소리
먼 산에 꽃이 피어 오는 소리
갓난아이들의 첫 울음소리

다 죽은 듯 황량하던 대지에
얼음 속의 꽃씨 하나처럼
견디고 지키고 은신한 그대가

여기요, 나 살아있어요,
거기 누구 살아있나요,
꽃눈처럼 떨림으로 부르는 소리

하이얀 문명의 상여 길에
살아남은 한 사람, 한 사람이 있어,
그렇게 다시 봄이 오고
그렇게 다시 빛이 오고

## 나는 그냥

나는 그냥
인정받고 살고 싶다
유명하지 않아도
남들만큼 빛나기를 원한다

나는 그냥
평범하게 살고 싶다
남부럽지 않게
남들 사는 만큼 살고 싶다

네가 부자가 되면 나는
너만큼은 부자가 되고
네가 잘나가면 나는
너 정도는 잘나가고
내가 못 따라잡으면
나는 내 아이를 기어코
네 아이만큼은 밀어 올리고

나는 그냥
남들에게 폐 끼치지 않고 걱정 없이
어려움 없을 정도의 적은 재산으로

죽을 때까지 풍족하게 살고 싶다

나는 그냥
지금 뭔 말 하는지 나도 모르지만
다들 그렇게 살아야 한다고들 하니까
뭔 소린지 몰라도 지금 나는 그냥

## 누군가 있으니

세상에 홀로 버려진 듯한 밤에
아픔과 고뇌로 긴 밤을 지새고
희미한 여명의 길을 걷는다

잎새마다 차가운 이슬방울들

아침이 울고 있다
새싹이 울고 있다
꽃들도 울고 있다

그래도 또 하루가 걸어오고
가만가만 햇살이 비춰오면
밤의 눈물은 뿌리로 흘러들고
아픈 가슴에 무언가 흘러든다

이 작고 상처 난 풀꽃에도
자라라 자라라
눈물로 자라라
속삭여주는 누군가 있으니

# 늘 단정히

초등학교 입학식 날
낡은 옷을 빨아서 풀을 먹이고
숯불 다리미로 다려 입혀주며
어머니가 당부하셨다

아들아, 오늘부터 넌 어엿한 학생이다
늘 마음을 밝게 하고 시선을 바로 해야 쓴다
아비 없는 자식이라고 몸가짐과 옷차림마저
단정치 못하면 그건 네 탓이다
가난과 불운이 네 눈빛을 흐리게 하지 말거라
이제 너는 스스로 헤쳐 갈 창창한 학생이다

그날 아침 혼자서
타박타박 황톳길을 걸어 입학식에 가던 나는,
학생이라는 새로운 세계로 걸어 나가던 나는,
떨리고도 환한 마음으로 입술을 꼬옥 물었다

그날 이후 아무리 험한 조건에서도
나는 어머니의 그 말을 떠올려왔다
공장에서도 군대에서도 수배 길과 감옥에서도
내 처소와 살림과 옷차림을 단정히 하고

밝은 마음과 미소를 잃지 않고 시선을 바로 하여
사람과 세상을 정면으로 바라보고자 노력했다
밥을 먹을 때도 말을 할 때도 글씨를 쓸 때도
걸음을 걸을 때도 늘 반듯이 하고자 애써왔다

가난하고 힘이 없고 고달프다 하여
내가 할 수 있는 내면의 빛과 소박한 기품을
스스로 가꾸지 않으면 나 어찌 되겠는가
내 고귀한 마음과 진정한 실력과 인간의 위엄은
어떤 호화로운 장식과 권력과 영예로도
결코 도달할 수 없고 대신할 수 없으니

늘 단정히
늘 반듯이
늘 해맑게

# 중독자들

우리 인생에서
정말로 경계할 것이 있다

자기 의지로 끊을 수 없고
도움으로도 끊을 수 없고
파멸과 죽음만이 끊을 수 있는
치명적인 중독이 있다

권력은 중독이다
탐욕은 중독이다
인기는 중독이다
위선은 중독이다
남 탓은 중독이다

중독은 끊을 수 없다
중독이 그를 죽이거나
죽음이 중독을 죽이거나

## 자기 해방의 태도

세계에 대한 참된 이해를 바탕으로
자신을 굳게 신뢰하는 것

쉽게 인정받거나 쉽게 실망하지 말고
숫자에 좌우되지 않고 나아가는 것

결코 이해할 수 없는 서로의 고독을
기꺼이 견지하며 함께 걸어가는 것

완전한 일치를 바라지 말고
고유성을 품고 공동으로 협력하는 것

삶의 자율과 인간의 위엄을 지키며
불의와 맞서 끈질기게 전진하는 것

좋을 때나 나쁠 때나 긴 호흡으로
사랑하고 일하고 정진하는 것

# 돌의 독백

살아있다면 누구라도
자신을 키우려 하고
자신을 빛내려 하고
쓸모 있게 맞춰가지만
나, 돌은 아니다

돌은 키우지 않는다
채우지도 꾸미지도 않는다
서서히 갈라주고 나눠주며
날마다 은미하게 작아진다

모래가 되고 흙이 되고
그리하여 산 것들의 품이 되고
가루가루 비우고 사라지는 게
나, 돌의 소명이다

나는 돌이다
그래 난 쓸모없다
난 영원한 두려움
수억 년을 지켜온
믿음의 침묵일 뿐

높은 산정 암벽의
큰 바위 얼굴일 뿐

오 아는가
쓸모없이 높고 크고
오래고 영원한 것들은
저 우주의 빛나는 돌,
별들이 잉태한 것임을

네가 보지 않아도
나는 너를 지켜보고 있다
별이 빛나는 네 안의 너를

# 신은 감사를 거절한다

만약 내가 팔레스타인에 태어났더라면
만약 내가 아프가니스탄에, 이라크에,
버마에, 다르푸르에, 북한에 태어났더라면

가난과 분쟁과 억압의 나라 앞에서
피와 눈물에 젖은 사람들 앞에서
한국인으로 태어난 게 감사하다면
저들의 불행을 피할 수 있어 감사하다면

신은 너의 감사를 거절한다

얼마 전까지 우리 부모와 할머니 할아버지,
선조들이 그렇게 살고 노동하고 저항하고
오늘 여기 코리아에 내가 서 있게 했다

지구 시대 내가 딛고 선 존재의 발밑에서
오늘도 굶주림과 공포를 살고 있는
그이들의 슬픔과 고통을 공유하는
그 마음만을 신은 받아들일 뿐

신은 너의 감사를 거절한다

# 세상이 조용해져 버린 날

평생 지긋지긋하던 잔소리가 툭,
갑자기 너무 조용해져 버린 날
이래라저래라 들려오던 소리가
메아리도 없이 적막해져 버린 날
귀찮기만 하던 전화벨도 끊기고
세상이 너무 고요해져 버린 날

아 우리가 이 지상을 동행했구나
이렇게 영영 떠나가 버렸구나

이 생에 몇 번쯤은 오롯이 마주 보며
당신의 숨은 아름다움과 노고와
귀하고 빛나는 구석을 말해주지 못해
미안하고 서럽고 애닳고 그리워서
갚을 길 없는 부채감만 안겨 놓고
당신께서 영영 떠나가 버렸구나

갈수록 기억의 윤곽은 안개 같지만
한 번만 더 나를 안아주고 갔으면
불현듯 울음이 북받치는 사람

그게 엄마야 그게 아빠야

가난하고 모자라고 잘해주지 못했다 해도
나의 날개가 돋아나 혼자 하늘을 날 때까지
먹여주고 재워주고 품어준 것만으로 충분한,
한 인간에게 그토록 위대하고 절대적인 존재
그게 아빠와 엄마라는 이름의 존재야
당신은 내게 그런 하늘 같은 존재야

## 가을은 짧아서

가을은 짧아서
할 일이 많아서

해는 줄어들고
별은 길어져서

인생의 가을은
시간이 귀해서

아 내게 시간이 더 있다면
너에게 더 짧은 편지를 썼을 텐데*

더 적게 말하고
더 깊이 만날 수 있을 텐데

더 적게 가지고
더 많이 살아갈 수 있을 텐데

가을은 짧아서
인생은 짧아서

귀한 건 시간이어서
짧은 가을 생을 길게 살기로 해서

물들어 가는
가을 나무들처럼

더 많이 비워내고
더 깊이 성숙하고

내 인생의 결정적인 단 하나를 품고
영원의 시간을 걸어가는

짧은 가을날의
긴 마음 하나

*파스칼Blaise Pascal에게서 일부 따옴

# 살다 보면 그래요

살다 보면 위선할 때가 있죠
권력과 다수 앞에 그럴 때가 있죠
그래도 우리 정직하기로 해요
나 자신에겐 진실하기로 해요

나 지금 위선하고 있다
나 지금 타협하고 있다
비겁함과 두려움에 끌려가고 있다

홀로 울며 직시하고
부끄러운 치욕을 삼키며
절대로 익숙해지지 마요
절대로 길들여지지 마요

그 비참한 느낌을 기억해요
진실의 다른 이름은 비참이니까요
자신의 비참을 감당하는 자만이
진실한 자신에 도달할 수 있어요

나의 종교는 부끄러움이에요
나의 성전은 상처 난 양심이에요

나의 진보는 핏빛 성찰이에요
나의 역사는 치욕의 기억이에요
나의 기도는 비참의 눈물이에요

아마도 난 죽는 날까지
진실 그 자체로 살지는 못할 거예요
하지만 난 나의 부끄러움을 고해하며
생생한 아픔과 눈물로 살아갈 거예요

아픈 진실 앞에 가슴을 활짝 열고
나에게만은 정직하기로 해요
나에게만은 진실하기로 해요

# 누가 보아주지 않아도

알려지지 않았다고
존재하지 않는 것은 아니다

드러나지 않는다고
위대하지 않은 것은 아니다

누가 보아주지 않아도
밤하늘에 별은 뜨고
계절 따라 꽃은 피고

누가 보아주지 않아도
나는 나의 일을 한다

누가 알아주지 않아도
나는 나의 길을 간다

내 몸의 문신

# 이유 따윈

나한테 왜 이러는데
도대체 이유가 뭔데

이 세상엔
이유 따윈 없는 일들이 너무 많다

그저 감내하고 감당해야 하는
그것이 인생이다

이 세상엔
이유 없는 고통이 아주 많다

인생은 연습도 없이 던져졌고
불운은 예고도 없이 기습한다

돌아보면 내 인생은
일종의 사고였다

정직하게 노력한 만큼 된 건 하나도 없고
그럼에도 의미를 찾지 않으면 살 수 없는

그러니 이유 따윈 그만 묻고
이렇게라도 하자고 했다

'어찌할 수 없음'에 순명할 것
'어찌해야만 함'에 분투할 것

난 이유 따윈 몰라도
사랑하고 상처받고
다시 죽도록 사랑할 테니

# 첫 걸음마 하는 아이처럼

그냥 걸어라
첫 걸음마 하는 아이처럼

그냥 걸어라
상처도 두려움도 모르는 아이처럼

그냥 걸어라
금기도 허락도 모르는 아이처럼

걷다 넘어지면 울고
울다 일어나 다시 걸어라

걸어오는 길들이 너를 이끌어주고
여정의 놀라움이 너를 맞아주리니

네 영혼이 부르는 길을
그냥 걸어라

## 차마 봄이란 말 대신

햇살은 눈이 부신데
아직 바람이 찹니다

쑥잎 뜯어 보내신 것 받아 들고
수선화 한 분을 당신께 보냅니다

둘이 다 꽃소식도 봄이란 말도
차마 쓰기 어려운 시절이라서

# 그 한 사람

가을 나무 사이를 걸으며
먼 길 달려온 바람의 말을 듣는다

정말로 불행한 인생은 이것이라고

좋고 나쁜 인생길에서 내내
나를 지켜봐 주는 이가 없다는 느낌
내게 귀 기울이는 이가 없다는 느낌

내가 길을 잃고 헤맬 때나
길을 잘못 들어서 쓰러질 때에도
한결같이 나를 믿어주는 이가 없다는 느낌

내가 고난과 시련을 뚫고 나와
상처 난 몸으로 돌아갈 때에도
아무도 나를 기다리는 이가 없다는 느낌

내가 빛나는 자리에서나
내가 암울한 처지에서나
내가 들뜨거나 비틀거릴 때나

나 여기 있다, 너 어디에 있느냐
만년설산 같은 믿음의 눈동자로
지켜봐 주는 그 한 사람

내 인생의 그 한 사람

# 초고는 쓰레기

위대한 작가들은
하나같이 말하지
'초고는 쓰레기'

다시 12년 만에
시집을 펴낸다고
원고를 꺼내 보다
나는 절망한다

한 날도 거르지 않고
한 자 한 자 피로 쓴
내 시의 초고는 쓰레기

쓰레기 더미 같은
수천 편의 시를 안고
넝마주이처럼 쓰러져
홀로 울었다

단 몇 줄의 시조차
나는 고백한다
초고는 쓰레기다

하물며 인생은,
고쳐 쓸 수 없는 인생은
앞만 보고 내달리는 인생은
등 뒤의 쓰레기

검토되지 않는 내 인생은
성찰하지 않는 내 인생은
사랑 없이 사는 내 인생은
최종은 쓰레기

나는 반성한다
쓰레기 같은 3천여 편의
내 육필 원고를 안고

301편을 간추리고
3달 내내 빼고 줄이고
다시 쓰고 고쳐 쓰고
갈아내고 응축한다

한 자만 건드려도
폭발할 때까지

이만하면 괜찮다

이 정도면 되었다
시집을 펴낸다
가라, 시여

## 접속과 소통

접속하면, 접수당한다
소통하면, 관통당한다

내가 그걸 쥐고 있지만 실은
그것이 나를 움켜쥐고 있다

내 손바닥 안의 세계란
세계를 쥔 저들의 손바닥 안이다

어쩌라고, 냉소하면
그래 어쩔 거야, 저들이 웃는다

# 얼굴 속의 얼굴들

한밤중 거울을 보다가
흠칫,
거울 속에 누가 있다

거울 속의 내 얼굴 속에
돌아가신 아버지의 표정이
젊은 날 어머니의 얼굴이
아버지의 어머니와
어머니의 아버지가
유전의 그림처럼 어려 있다

내가 짓는 몸짓과
내 얼굴을 거슬러
희미하고 아스라히

추위와 굶주림과
가뭄과 역병과
말발굽과 화약 연기와
총칼을 뚫고 살아 나온
얼굴, 그 얼굴, 저 얼굴
내 얼굴이

끈질기게 살아남아
여기까지 살아남아
내게 물려주신
거울 속의 내 얼굴
내 얼굴 속의 얼굴들

# 사랑은 끝이 없다네

사랑은 끝이 없다네

사랑에 끝이 있다면
어떻게 그 많은 시간이 흘러서도
그대가 내 가슴속을 걸어 다니겠는가

사랑에 끝이 있다면
어떻게 그 많은 강을 건너서도
그대가 내 마음에 등불로 환하겠는가

사랑에 끝이 있다면
어떻게 그대 이름만 떠올라도
한순간 그날들로 나를 데려가겠는가

눈이 부시게 푸르던 우리 가난한 날에
눈보라 치는 밤길을 함께 걸었던
뜨거운 그 숨결이 이렇게나 생생한데

너는 이제 잊었다 해도
눈물 어린 그 얼굴 애틋한 그 눈빛이
오늘도 내 가슴에 별빛으로 흐르는데

나에게 사랑은
한계도 없고 패배도 없고
죽음마저 없는 것

사랑은 늘 처음처럼
사랑은 언제나
시작만 있는 것

사랑은 끝이 없다네

# 아이들의 진실

아이들은 언제나
어른들이 가르치는 것보다
많은 걸 알고 있다
금지된 것들을

아이들은 언제나
어른들이 기대하는 것보다
많은 걸 배반한다
강요된 것들을

아이들은 언제나
어른들이 믿는 것보다
훨씬 더 영악하다
이 악해진 사회만큼

아이들은 언제나
어른들이 생각하는 것보다
훨씬 더 견뎌낸다
스스로 하게만 둔다면

# 내 몸의 문신

내 몸에는 문신이 새겨져 있다
나는 감옥 독방에서부터 아무도 몰래
문신을 새겨가기 시작했다

고문의 악몽 때문이었다
고문 후유증은 밖으로 표명할 수 없는
나만의 공포, 나만의 치욕, 절망, 추락, 비명,
은근하게 기습하여 악랄하게 몰아대는
생생한 심신의 고통이었다

어느 날 나는 철근 토막을 숨겨 들여왔다
그리고 견딜 수 없는 통증이 엄습하면
독방 시멘트 벽에 갈아대기 시작했다
탈옥을 준비하는 자처럼 은밀하고 끈질기게
백 일 밤을 갈아 바늘 침을 만들었다

손에 피가 맺히고 굳은살이 박이고,
어느 밤은 이런 내가 미친 것만 같았으나
그래도 자살의 충동을 가라앉힐 순 있었고
그러나 고문의 고통을 갈아버릴 순 없었다

그날부터 나는 몰래몰래 내 몸 안쪽의
보이지 않는 곳에다 문신을 새겨갔다
한 땀 한 땀 피가 번지는 고통을 느끼며

처음엔 날 이렇게 만든 독재자와 고문자들을,
잊지 말아야 할 자들의 이름을 새기려 했다
그러다 핏줄을 찔러 얼굴에
검붉은 피가 뿜기는 순간, 알아챘다

그 더러운 이름을 내 몸에 담고 살 순 없다고
그들은 살아있어도 이미 죽어버린 자들이고
악의 칼잡이였으나 이미 내던져진 도구라고
진정한 복수는 다르게 살아 갚아주는 거라고

그리하여 나는 내가 결코 잊어서는 아니 될,
나를 살게 하고 내게 힘을 주고 나를 지켜주는
나보다 앞서 죽었으나 죽어서 살아있는 이들,
내 안에 눈물로 살아있는 이름들을 새겨갔다

아, 내 몸은 하나의 묘비
내 살아있는 몸은 죽은 자들의 종묘宗廟
그이들이 죽는 최후의 순간까지 품어온
비명 같은 유언과 타오르는 불꽃의 성소

어둠이 깊어가고 아침이 밝아오면
어떤 일이 벌어지는지 아는가
밤 사이, 내 몸의 검은 문신들이
흰 이부자리에 탁본처럼 새겨져 있다
그렇게 나의 하루 생이 시작되고
나는 그것을 받아쓰고 전해준다

오늘도 좌우 양쪽에서 돌이 날아들고
그 돌에 내 몸의 문신이 탁본되어
내가 걸어온 길에는 비림碑林이 서는구나
나는 또다시 추방되어 떠도는구나

국경 너머 분쟁과 가난의 땅에서
내가 만나고 안고 울어주는 아이들이
찰칵, 흑백 필름의 음화처럼
내 몸에 새로운 문신으로 남겨지는구나

오늘 밤 또 의로운 누군가 죽어가며
내 몸에 비명의 문신을 새기는구나
오래된 악과 새로운 적들에 맞서다
쫓기고 갇히고 밟히고 쓰러지는 이들이
내 몸에 비원의 문신을 새기는구나

이 깊은 한恨의 사랑은
이제 내 몸을 다 덮고도 모자라
내 피부는 검은 대지, 검은 묘비,
검은 슬픔, 검은 상처의 몸이다

새벽 두 시, 몸을 씻고 잠자리에 눕는다
내 몸에 층층으로 새겨진 그이들이 일어나
세상에 타전할 말을 탁본으로 새겨간다

내 오랜 통증에 몸서리칠 때
꿈속의 비명이 휘몰아칠 때
악몽의 계시에 소스라칠 때
내 몸의 문신이 나를 호명하는 순간,
나는 깨어나 묵연히 홀로 앉아
전율하며 퍼지는 검은빛의 파동을,
저기 여명의 푸른빛을 바라다본다

아, 내 몸은 검어서 빛나는 밤
어둠 속에 빛이 오는 길이다

# 진달래

겨울을 뚫고 왔다
우리는 봄의 전위

꽃샘추위에 얼어 떨어져도
봄날 철쭉으로 돌아가지 않는다

이 외로운 검은 산천에
봄불 내주고 시들기 위해 왔다

나 온몸으로 겨울 표적 되어
오직 쓰러지기 위해 붉게 왔다

내 등 뒤에 꽃피어 오는
너를 위하여

# 홀로 잠든 밤이 더 많았네

홀로 잠든 밤이 더 많았네
고독한 별의 밤이 더 많았네
나는 처소를 지고 여행하는 달팽이처럼
흐르는 강물 따라 여행하는 나뭇잎처럼
눈물의 지구를 떠도는 고아만 같았네

늘 길을 찾아 떠나는 게 삶이어서
정처 없이 유랑하는 나의 집은
바람이었나 나무 아래였나
돌무덤이었나 그녀 곁이었나

이 넓은 세상에 집은 없어도
밤이 오면 내가 기거한 처소는
별 세 개도 별 다섯 개도 아닌
수억 개의 별이 쏟아지는
어느 광야나 사막이나 길섶이었네

이제 별 아래 거처에 잠이 들려 해도
내 곁에 함께 누워 별을 헤아리다
서로의 눈동자 속 별을 바라봐 줄
그대가 지구에 없다는 슬픔이었네

# 미치지 못한 내 눈빛

서울역에서 막차를 기다리며
마지막 담배 연기를 날리는데
덥수룩한 사내가 비틀비틀 다가와
담배 한 개비 달라 손을 내민다

담배를 건네다 마주친 눈빛,
순간 번득이는 아득한 섬광,
스르르 되돌아오는 노숙인 몰골

어둠 속을 달리는 기차를 타고
차창에 머리를 기대어 흔들리느니

저 미친 듯한 사내의 정신은
무방비였고, 맨바닥이었고,
하여 시대의 광기와 모순을
벌거벗은 영혼으로 맞았구나

나는 비겁했구나
내 상처 깊은 곳까지 갑옷을 입고
미친 세계를 미치지 않은
정신으로 살아남았구나

무장해제하지 않은 내 정신은
미친 시대를 관통하며
미치지 않고 살아남아
저 추락을 비껴갔구나

어둠 속 차창에 비치는
내 눈동자를 묵시한다

이 미친 세계 한가운데서
잠입과 망명을 거듭하며
섬광처럼 번득, 내통하는
미치지 못한 내 눈빛

# 나무를 바라보자

사나운 말들이 비처럼 쏟아질 때
푸른 나무를 바라보자

거짓과 비난이 오물처럼 튀겨올 때
푸른 나무를 바라보자

나무는 깨끗한 물만으로는
푸른 잎을 틔워내지 못하니

나무는 더러운 것들을 거름 삼아
좋은 열매를 맺을 수 있으니

더러운 것들의 표적이 된 자여
사악한 자들의 표적이 된 자여

눈물로 푸른 나무를 바라보자
의연히 푸른 나무를 바라보자

# 지구별의 자장가

밤의 어둠도 무섭지 않았네
비바람이 몰아쳐도 두렵지 않았네
토닥토닥 자장가 소리가 들려오면
나는 아기 곰처럼 평온한 잠이었네

자장자장 우리 아가
잘 자거라 우리 아가

지상에서 가장 욕심 없는 그 노래를 들으며
나는 우주의 숨결 따라 깊은 잠이 들었으니

자장자장 우리 아가
잘 자거라 우리 아가

어둠이 오면 지구마을에 작은 불빛 깜박이며
집집마다 울려오는 자장가 소리

눈물도 자장자장
배고픔도 자장자장
총성도 자장자장
두려움도 자장자장

어두운 지상에 가장 오래된 노래여
영원히 마르지 않는 강물 같은 노래여
오 우리들 눈물 어린 평화의 노래여

# 사생관死生觀

사랑의 진정성은
이 하나로 판정된다
네 목숨을 바칠 수 있는가

누구도 너의 최후를 전해줄 수 없는
아무도 보아주지 않는 그 자리에서
그 사랑 하나 살려내고 지켜내기 위해
눈물 어린 네 모든 걸 등 뒤에 두고
기꺼이 네 목숨을 바칠 수 있느냐

고맙다
이 낯선 지구에서의 힘겨운 한 생에
내 목숨을 바칠 사랑하는 사람들이 있고
내 목숨을 걸고 싸워야 할 적이 있고
내 목숨을 다해 해야만 할 일이 있다는 것

그것이면 되었다

내 등 뒤에 그대가 있어 나는 웃으며 간다
짧아도 길어도 그것으로 좋았다 난

# 기억하라

기억하라 세상 모든 것의 시작은
지금 너 하나로부터가 아니라는 것을

현실이 아무리 엉망진창으로 보여도
우리 인생은 장엄하게 지속되는 흐름이고
단 한순간도 역사에 단절은 없는 것

한 시절 잘못된 자들이 설친다 하여
우리 삶이 그리 쉽게 딸려갈 줄 아느냐
함부로 좌지우지되는 역사인 줄 아느냐

비록 일시 어둠이 오고 악인이 와도
그마저 우리 안의 선의 불꽃을 일깨우고
잠든 정의의 노래를 부르게 하는 것이니

고통의 날에도 다시 해는 뜨고 꽃은 피고
사람들은 울고 웃고 사랑하고 서로 격려하며
아이들은 선한 기억을 물려받고 자랄 것이니

다만 우리는 좀 더 유장한 마음으로
성찰하고 정리하고 앞을 내다보면서

다시 희망의 길을 찾아가는 것이다

기억하라, 세상 모든 것의 시작은
지금 여기 나 하나로부터라는 것을

# 오늘의 날씨

매일 아침 눈을 뜨면
오늘의 날씨를 확인한다
하루 인생의 일과와 차림과
기분을 좌우하는 날씨

날씨는 날의 씨앗
날마다 심어지는 씨앗
해 뜨는 날은 빛의 씨가 심어지고
비 오는 날은 부푼 씨가 심어지고

매일 아침 내 마음을 들여다보고
하늘을 바라보고 날씨를 살펴보고
그날그날 알맞은 무언가를 심어간다
마음씨도 말씨도 인연의 씨앗도

# 삶이 뭐라고 생각하니

하늘에 연이 날리듯
무인폭격기가 뜬다

폭음이 울리고
정적

귀청이 나간 듯
적요

허공에 튕겨나가 떨어진 몸에
하르르르 잿빛 가루가 내려앉는다

무감각한 손가락을 움직여 본다
무거운 눈꺼풀을 들어 올려본다
눈부신 햇살
나는 살았다

천천히 몸을 일으킨다
휘청 쓰러진다 다시 일어난다
폐허의 지옥도를 비틀비틀 걷는다

신음 소리 비명 소리 통곡 소리
한순간 고아가 된 소녀의 흐느낌 소리
무너진 집 벽돌에 깔린 사르비아꽃
그 곁에 작은 미이라 같은 아이의 몸

거대한 무덤이 된 마을 골목길을
외발의 아이들이 목발을 짚고 걷는다

삶이 뭐라고 생각하니?

죽지 않고 사는 거요, 죽지 않고…
죽지 않고… 살아서 싸우는 거요

아이들아
부디 죽지 말고 다치지 말고
우리 살아서 다시 만나기를

나 지금 여기 산다는 것

삶이 뭐라고 생각하니?

# 너무 많아 너무 적다

우린 지금
너무 많이 배우고
너무 적게 생각한다


그만 배우기, 생각하기*


우린 지금
너무 많이 채우고
너무 적게 느낀다


그만 채우기, 더 느끼기


우린 지금
너무 많이 알리고
너무 적게 살아낸다


삶을 살기, 나를 살기


*알랭Alain에게서 일부 따옴

# 젊음에 대한 모독

부자를 돕는다며 푼돈을 건네는 건
부자에 대한 최고의 모욕이다

권력자를 구한다며 완장 차고 설치는 건
권력자에 대한 최고의 조롱이다

청년을 위한다며 동정하고 위로하는 건
청년에 대한 최고의 모독이다

위로는 끝나버린 자의 것
더는 나아질 가망이 없는 자의 것
잉태와 소생의 힘이 고갈된 이들을 위한
나직한 탄식의 애도가 아닌가

젊음에는 위로가 필요 없다
젊음은 젊음 그 자체로 힘이다

감히 젊은이에게 위로를 팔아대며
아양 떠는 비굴한 자들을 경계하라
하이에나처럼 노회한 장사꾼들을 경멸하라
미안하다 손 내밀고 분노하라 선동하는

위선자들에게 따귀를 날려라

유행병 같은 위로와 힐링은
네 사랑과 탐험과 저항의 불을 꺼뜨려
젊음의 힘을 약화시키고 길들이려는
살포된 마약과도 같은 것이니

젊은 날조차 실리와 안정을 탐하게 하고
젠더와 세대를 띄우고 가르며 서로 싸우고
혐오하고 탓하고 냉소하도록 갈라치는 사이,
너의 젊음은 병들고 흘러가 버리는 것을

젊음은 위로가 아닌 활로가 필요하다
자신만의 생생한 길을 찾아가는 힘과
미친 사랑의 상처가, 저항의 투혼이 필요하다

젊음을 '위로 거지'로 길들이고
젊음을 '힐링 중독'에 쩔게 하는
저들이 유포시킨 유행병을 물리쳐라

고뇌의 밤들과 길 찾는 방황의 날들은
젊음, 그대만의 짧은 특권이니
실패와 상처조차 젊은 날의 훈장이니

스스로의 두 발로 저들을 딛고 올라
젊음의 고독한 왕좌를 증명하라


동정받기보다 공정하게 세상을 바꿔가기를
위로받기보다 격려하는 좋은 벗이 되기를
힐링되기보다 상처 속의 빛을 찾아 걷기를


슬픔의 제왕인 푸르른 그대를
나는 뜨거운 믿음으로 바라보며
내 옷깃을 삼가이 여미며
다시 나의 길을 걸어가느니

# 사랑한 만큼 보여요

사람은 그래요
모든 면에서 좋은 사람이기 불가능한 것처럼
모든 면에서 나쁜 사람이기도 불가능하죠

사람은 그래요
모든 점에서 훌륭하기 힘든 것처럼
모든 점에서 형편없기도 힘들지요

사람은 그래요
인생 내내 잘나가기 어려운 것처럼
인생 내내 헤매기도 정말 어렵지요

사람은 고정체가 아닌 생성체이니까요
지금 여기서 보는 그가 아니라
그의 전체를 보아야만 그가 보이지요

사람은, 사랑하면 보이지요
아는 만큼 보이는 것이 아니라
사랑한 만큼 보이는 것이지요

# 아이가 온다

애는 아무 생각 없이 태어나지
아빠가 누구건 엄마가 어떻든
어려운 시기건 앞날이 어쨌든
그냥 세상에 첫울음을 질러버리지

어쩌라고, 어쩔 거야
내가 태어났다니까
내가 등장했다니까

이런 세상에 너 어떻게 살 거냐고
날 겁주지 말라니까
이거 배우고 저거 잘하고
남을 밟고 싸워 이기라고
날 떠밀지 말라니까

내가 알아서 한다니까, 인생
내가 찾아서 간다니까, 내 길
부딪히고 쓰러지고 일어서고
내가 해낸 게 진짜 나라니까

애는 아무 생각 없이 새로운 생각을 하지

아무 생각 없이 아닌데, 싫은데, 반항하고
아무 생각 없이 자기만의 길로 튕겨 가버리지

애는 울음이건 침묵이건 재잘대건
아무 생각 없이 미래의 목소리를 질러버리지
아무 생각 없이 세상을 바꿔나가버리지

애는 아무 생각 없이 태어나지
애는 아무 생각 없이 걸어가지
애는 아무 생각 없이 승리하지

# 인생에서 슬픈 일

팔리지 않는 물건
쓰이지 않는 능력
사르지 않는 젊음
행하지 않는 지식
내주지 않는 사랑
빛나지 않는 영혼
보이지 않는 희망

# 한밤에 목을 땄어

널 먹는 게 아니었어
이런 날은
욕망을 들어주는 게 아니었어

한밤중 거울 앞에서
체증 걸려 잠 못 이룬
창백해진 내 얼굴

굵은 바늘로
널 뜯어먹은
손가락을 땄어

검은 피
나쁜 피
독한 피

손끝을 빨아
죽은 피를 뽑고
맑은 선혈이 맺힐 때

싸늘한 손과 발에

온기가 돌아오고
안색이 맑아질 때

가슴을 문지르며
생각했어

창백한 얼굴에 화장을 입히고
싸늘한 가슴에 표정을 꾸미고
영리한 머리로 나조차 속이는

얼마일까
내 몸에 쌓여온

검은 피
나쁜 피
독한 피

한밤에 목을 땄어
새벽에 손을 땄어

# 내가 해 봐서 아는데

'내가 해 봐서 아는데'
큰소리치는 사람이 있지

당연히 해 봤겠지
그때 거기서 그들과

오늘 여기는 다르다는 것
이젠 그들도 당신도 다르다는 것

## 돌고 돌고

미국이 대공황을 겪고 있던
1930년대 광산촌에서였다


날씨는 추운데 난로가 꺼져 있자
웅크려 떨고 있던 아이가 물었다


엄마, 왜 난로를 안 피우는 거야?
석탄을 살 돈이 없기 때문이란다


왜 돈이 없는데?
아빠가 실직했기 때문이란다


왜 실직을 했는데?
석탄이 남아돌아서 그렇단다


왜 석탄이 남아도는데?
사람들이 석탄을 살 돈이 없기 때문이란다


왜 돈이 없는데?
……

# 감염感染된 사랑

기묘한 날들이었다
인류 문명이 진보한 정점에서
코로나라는 열감기 하나가 만들어져
단번에 여기 지구 행성을 마비시켰다

인간은 마스크 씌워진 감염체로 전락하고
학교도 가게도 광장도 성전도 문을 닫고
결혼식과 장례식과 집회 시위도 금기된
전대미문의 사태였다

하루아침에 공포가 세계를 지배하고
하루아침에 인간의 얼굴이 사라졌다
나는 만남이 끊어진 텅 빈 도심을
'불가촉 존재'가 되어 홀로 걷는다

인류의 역사는 '접촉의 역사'인데
인간의 진보란 더 새롭고 다양한 존재와
접촉의 확대를 통해 이루어진 것인데
사랑과 정의란 두려움과 손해와 위험과
죽음까지를 감수하면서 낯선 이들을
접촉하고 받아들이는 결단과 용기인데

난 누구보다 사랑의 접촉자로 살아왔는데
내 몸의 상처는 다 나를 넘어 다른 존재와
만나고 손잡고 끌어안다 남겨진 상처인데
그 사랑의 감염이, 상처 속의 빛이,
내 인생의 별의 지도가 되었는데

세계의 가난과 분쟁 현장에서
폭격에 찢긴 시신을 묻어주고
울며 떠는 아이들을 안아주고
그이들이 흙 묻은 손을 닦아
건네주는 빵과 차를 나눠 먹고
손수 다진 흙집에서 잠을 자고
수많은 이들과 악수하고 포옹하고
볼키스하며 여기까지 왔는데

그렇게 우린 사랑의 접촉자로
국경을 넘고 봉쇄를 뚫고
차별과 분리에 맞서 왔는데

어떤 전쟁과 재난의 시기에도 인류 전체가
이렇게 자유로운 만남을 중단한 적이 없는데
아픈 자를 비닐 막 속에 격리한 채 놓아두고
죽어가는 자를 이리 비참히 보낸 적이 없는데

강제 조치로 민생 경제가 무너지고
힘없는 자들은 탓도 못하고 속울음을 하고
세계의 빈민가와 난민촌은 봉쇄로 굶주리는데

일제히 마스크 쓰고 거리를 둔 사람들이
마스크 끼지 않은 내게 눈총을 쏘아대는
여기는 2020년대 봄의 지구
난 낯선 행성에 불시착한 외계인만 같은데
광화문 횡단보도 건너편에서 누군가
환히 손을 흔들며 달려와 와락 나를 안는다

아, 되었다, 이것이면 되었다
이 기묘한 계엄의 거리를 뚫고 나와
내 얼굴과 내 이름이 있는 존재로
만나고 손잡고 안아주는 네가 있으니

난 널 결코 홀로 버려두지 않을 거야
지상에서 마지막 숨을 거두는 순간에
방호 비닐 속에서 마스크 낀 격리자로
그렇게 혼자 죽어가게 두지 않을 거야
우리가 함께 해온 일들을 회상하고
좋았던 날들의 기억을 이야기하며
미소 지으며 먼저 떠나갈 수 있게

널 어루만지며 네 곁을 지킬 거야

인간은 어떤 최악의 순간에도
서로 만나고 모이고 말하고 손잡고
안아주고 나누며 걸어가야 하니까
그게 사는 목적이니까

우리 함께 가야 할 자유의 길,
사랑의 길, 삶의 길을 되찾기 위해
난 하얀 계엄의 거리를 뚫고
너에게로 가는 거야

사랑은 위험을 무릅쓴 끌어안음이고
사랑은 너에게로의 투신이니까
혁명은 사랑의 감염이니까
희망은 미지의 접촉이니까
사랑은 죽음보다 강하니까

사랑을 한다면 그들이 우리를 죽이겠지만
사랑을 하지 않으면 우리는 죽은 존재니까*

*허버트 맥케이브Herbert McCabe에게서 일부 따옴

# 진실의 광부

희미한 한 줄기 진실을 따라
위험한 현장을 두 발로 누비는 것

침묵하고 있는 말들을 살려내는 것
떨고 있는 약자를 일으켜 세우는 것

거친 양극단 사이에 묻힌
이미 도래한 미래를 비추는 것

흩어진 정보의 조각들에서
진실한 사실을 채굴하는 것

권력에 맞서고 자본과 불화하며
오로지 독립된 고독을 견지하는 것

진실의 광부,
나는 기자다

# 그래도 미움으로 살지 말거라

어머님 집에서 자고 난 아침
눈을 뜨니 어머니가 이마를 짚은 채
나를 내려다보고 계셨다

아직도 많이 아프냐아?
고문 독은 평생을 간다더니…

아뇨, 어제 좀 고단해서요
나는 황급히 일어나 상한 몸을 감추며
태연히 얼굴을 씻는다

어머니가 기도를 마친 후 곁에 앉아
가만가만 두런거리신다

이승만 죽고 박정희 죽을 때도 나는 기도했다
전두환 노태우 감옥 갈 때도 나는 기도했다
잊지는 말아라 용서도 말거라
그래도 미움으로 살지 말거라

죽은 내 어머니는 그랬다
사람은, 미움으로 살아서는 안 된다고

인생은, 사랑으로 살아내야 한다고

곧고 선한 마음으로 끝내 이겨내야 한다고

## 경계警戒

과거를 팔아 오늘을 살지 말 것

오늘이 미래를 잡아먹지 말 것

미래를 위해 오늘을 유보하지 말 것

## 그녀가 지나갔다

저 별들 사이를 통과해
여기 낯선 행성에 던져진 내가
지구의 한 모퉁이 카페에 앉아
햇살을 받고 있던 가을 오후에,
푸른빛의 그녀가 지나갔다

고개를 돌린다
해바라기가 태양 쪽으로
천천히 얼굴을 돌리듯

순간, 빛이 쏟아져 들어왔고
나는 눈 가늘게 뜨고 그녀를 바라본다
정적의 역광에 마주친 눈동자

그래, 그 눈빛이다
검은 망각의 장막을 깨치고 난
빛의 기억이, 그 별빛이, 그 눈빛이

저기…요!
탁자 위의 에스프레소가 엎질러졌고
진한 예가체프의 바람이 향기를 내뿜었고

고개 돌려 바라보는 그녀의 흰 얼굴에
검푸른 우주의 그 별빛이 스쳤고

아스라한 기억이, 고요한 파동이,
나를 감촉하다 멈춰 선 그녀가
이마를 짚으며 휘청, 정적이 감돌았고
이내 스르르 잠기었고

그녀가 지나갔다

그래, 그 별이었다
그래, 그 눈빛이었다

# 계획을 지우고 비움을 세운다

새해가 오는 밤에
계획을 지운다

일 년을 꽉 채우려 한
크고 작은 계획들을
하나 둘 지운다

내 몸은 너무 지쳐있다
나는 너무 열심히 달렸고
내 영혼은 너무 숨가쁘다

새해가 오는 밤에
계획을 지운다

긴 호흡을 가다듬고
먼저 비움을 환히 세운다

## 시인의 사치

서촌 골목길을 걷다가
단아한 간판이 예뻐서 들어갔더니
어머나, 이건 딱 내 취향
질 좋은 공책이랑 수첩과 펜
1800년대의 디자인 좋은 책들과
세계의 잡지들과 은은한 향초가
시간을 거슬러 타오르고 있었다

나는 서른 중반의 주인에게
세계 구석구석에 숨은 귀한 작품들을
데려와주어 감사해요, 인사를 건네고서
1870년대에 만들어진 벽돌 두께의
자그만 식물 사전 한 권과
소문만 들었던 그 잡지 창간호와
공책과 수첩을 품에 안아버렸다

아, 이번 달 난 또 과소비다
그녀가 내어준 쿠키와 홍차를 음미하며
나는 텅 빈 지갑을 위로하듯 속삭였다
흔히 과소비란 남들 보란 듯이 쓰는 돈이지,
하지만 어떤 과소비는 최고의 잉태이지,

나는 이 작고 두꺼운 벽돌 책을 안고
두근두근 황홀한 미소를 짓는다
그래, 스크린에 무수한 영상과 글이 명멸해도
좋은 책은 하나의 위대한 건축이지
난 150년 전의 이 책을 씹어 삼켜
그보다 오래갈 한 권의 책을 쓰고
아직 도착하지 않은 미래의 네가 순례할
감동의 건축인 책을 펴내고 말 테다

울적울적 텅 빈 내 지갑
이 빌어먹을 시인의 가난
이 얼어죽을 시인의 사치
나는 책과 문구를 가슴에 안고
소년처럼 명랑한 얼굴로 걸어 나선다

# 이 무서운 사랑

봄날 오후, 카페테라스에서
마악 사랑을 시작한 듯한 남녀가
스마트폰도 들여다보지 않고
서로의 눈과 입술과 목선을
어루만지듯 황홀하게 바라보고 있다

3초  10초  15초
바로 그 순간, 이 15초 동안,
어떤 무서운 일이 벌어지고 있다
두 남녀는 15초간 흘러갔고 타올랐고
갈라졌고 변해갔고 늙어갔고
죽음에 가까이 다가서고 있다

삶은 시간 속에 놓여 있고
시간과 함께 사라지는 것

존재한다는 건 붕괴의 과정이 아닌가
사랑이라는 건 퇴색의 과정이 아닌가
인생이라는 건 소멸의 과정이 아닌가

아 이 얼마나 무서운 생의 순간인가

이 얼마나 무서운 사랑이고 삶인가

그러니 붕괴와 소멸의 한가운데서
저 빛나는 절정의 15초, 또 15초, 다시 15초
우리 사랑하고 또 사랑하는 수밖에

# 한잠 잘 자라

눈 녹은 대지에 씨를 뿌린다
완두콩 옥수수 밀 더덕 도라지 오이

불볕과 비바람 속에 꽃피고 익어온
지난 생의 종말인 이 작은 씨앗들

해토解土에 다독다독 묻어주는
너의 끝은 새로운 시작

어둠 속에 침묵 속에
죽음처럼 깊이 한잠 잘 자라

세상 일일랑 다 놓아두고
떠난 듯이 잊힌 듯이 한잠 잘 자라

새싹의 얼굴로 다시 만날 때까지
치열한 믿음으로 한잠 잘 자라

# 한국 사람들은요

양을 치고 소를 몰던 아프리카 아이들이
맨발의 아베베처럼 달려와 친구가 되자마자
진지한 표정으로 나에게 묻는다

한국 사람들은요, 신발이 스무 켤레나 되고요
조금만 가도 차를 타고 다닌다는데요
갓난아이 같은 다리를 타고난 건가요

푸른 밀싹이 오르는 햇살 좋은 아침에
알 자지라 평원을 뛰놀다 책을 읽던 아이들이
부푼 양젖을 짜면서 묻는다

한국 사람들은요, 어려서부터 어른이 될 때까지
종일 학교에만 다닌다는데요
그렇게 많은 걸 외워야 할 만큼 어리석은 건가요

감자와 옥수수를 이고 지고 걷던
안데스 산맥의 아이들이 이마의 땀방울을 닦고
내게 감자알을 나눠주며 묻는다

한국 사람들은요, 감기만 들어도 약을 먹고

늘 병원을 다니고 마음이 아프다는데요
그렇게 허약하고 병약한 사람들인 건가요

## 최소한의 것만을

하늘이여 저에게
최대한의 것을 허락하지 마시고
최소한의 것만을 허락하소서

최소한의 물질에서
최대한의 기쁨을 누리는 능력을

최소한의 지식에서
최대한의 지혜를 구하는 능력을

최소한의 관계에서
최대한의 우애를 가꾸는 능력을

그리하여 하늘이여
저에게 적은 소유로 기품 있는 삶 속에
오로지 최대한의 사랑만을 허락하소서

# 다 다르게 불리기를

그가 건넨 명함을 본다
그의 존재가 단 하나로 불릴 때
직위와 직업으로 불릴 때
왠지 슬퍼지는 마음

삶이란 내 안에 내가 몰랐던
진정한 나를 알아가는 것이 아닌가
세상에 쓸모 있게 맞춰가느라
갑옷 속에 갇혀버린 수많은 나를
자유케 하는 분투가 인생 아닌가

그래, 무엇으로 불리기를 바라는가
아무것도 아니었으면 좋겠다 난
다만 나를 만난 사람들에게
다 다르게 불리기를

샤이르 박으로
소년처럼 웃고 울던 이로
일 참 잘하던 사람으로
밥을 맛있게 먹던 이로
꽃을 좋아하던 고운 남자로

눈빛이 형형하던 사람으로
옷을 잘 차려입던 멋진 남자로

그러나 다 다르게 불려 온 나는
오로지 단 하나로 불리기를
사랑하고 또 사랑하고
사랑이 많은 사람이었다고

# 그래도 지구는 돌고

지구는 돌지만
지상의 인간은
느끼지 못한다

너무 거대하고
확실한 것들은
느끼지 못한다

하지만 나는 알고 있다

그래도 지구는 돈다
나의 감각을 거슬러,
나의 경험을 거슬러,

그래도 지구는 돌고 있다

# 별에 대한 가장 슬픈 말

별에 대한 가장 슬픈 말이 있다
우리가 밤하늘에 빛나는 별을 보았을 때
그 별은 이미 죽었는지도 모른다*는 말

저 별도 영원하지 않고 별도 죽는다
우리 눈에 도착하는 수억 광년 사이
그 별은 이렇게 별빛만 남겨주고
이미 소멸되어 갔으리라

지금 빛나는 건 이미 죽어간 존재,
몸은 죽어 빛이 된 사람들은
어둠 속에서 길을 잃은 내 가슴에
별의 지도가 되어 살아오느니

오직 빛에 새긴 그 사랑만 남아,
사랑으로 자신을 사르지 않는 인생은
밤하늘에 총총한 저 별 하나
영원한 그리움으로 빛낼 수 없으니

자신을 다 불사른 자만이 그을 수 있는
아름다운 자기 소멸의 궤적이여

오늘 소리 없이 사라지는 별들이여
다시 찬연하게 살아오는 별빛이여

별이 빛난다
죽은 별이 빛이 되어
내게로 오고 있다
'빛에 새긴 사랑'으로

*레몽 라디게Raymond Radiguet에게서 일부 따옴

# 내 인생의 모든 계절

봄은 볼 게 많아서 봄
보이지 않는 것을 미리 보는 봄

여름은 열 게 많아서 여름
안팎으로 시원히 문을 여는 여름

가을은 갈 게 많아서 가을
씨앗 하나만 품고 다 가시라는 가을

겨울은 겨우 살아서 겨울
벌거벗은 힘으로 근본을 키우는 겨울

그러니 내 인생의 모든 계절이 좋았다
내 인생의 힘든 날들이 다 희망이었다

# 세 발의 총성

총성이 울렸다
세 발의 총성이

세월이 흘렀다
당시엔 몰랐다
이제야 알겠다

한 발의 총성은 그의 심장을 관통했지만
두 번째 총성은 시간을 관통해
그의 작품 속에 울리고 있음을

마지막 한 발은 태평양 건너
가난하고 눈물 많은 소년의
가슴을 관통했음을

그 구멍 뚫린 가슴으로
영원의 하늘빛이 시려와
소년은 죽음을 관통해 걸어가고 있음을

총성이 울린다
세 발의 총성이

젊음은, 조심하라

# 우는 걸 좋아한다

우는 걸 좋아한다
웃는 건 꾸밀 수 있지만
우는 건 속일 수 없다

감동을 받을 때
슬픔을 느낄 때
아프고 서러울 때
눈물이 날 때의 그 진실한 기분
허위가 씻겨져 내려가는 기분

비를 쏟은 하늘은 얼마나 해맑은가
비가 내린 대지는 얼마나 시원한가

울음만이 저 깊숙한 대지로 내려가
쌓여온 것들을 깨끗이 정화하고
무언가를 살아나게 하지 않는가

사랑은 우는 걸 좋아한다
하늘은 우는 걸 좋아한다
나는 우는 걸 좋아한다

# 위대한 눈을 가져라

아직 위대하지 않아도
지금 위대한 눈을 가져라

위대한 눈은 멀리 보는 눈
저 멀리 전체를 바라보려면
높이 올라가야만 한다

스스로 갈 수 없다면
가장 멀고 높이 오른 자의
어깨를 딛고 서라

지금 너는 젊음이라는
빛나는 인류의 전위前衛

그러나 젊음도 순간이다
여기저기 기웃대고 눈치 보고
허비할 시간이 없다

젊은 날은 평생 동안 길어 마실
인간 능력의 원천을 키우는 때
세상을 정면으로 바라보며

모험하고 분투하고 길을 찾고
온몸으로 저항하는 때

더 높은 곳으로 올라라
더 높이 앞서간 자들의 등을 딛고
그이들의 옷자락에라도 매달려라

젊음이 아니면 누구도 할 수 없는
탐험과 창조와 고뇌와 혁명을 하다
그대로 얼어붙은 그 장대한 빙벽을
젊음의 손톱으로 찍어 가면서라도
한 걸음이라도 더 높이 올라라

낮은 차원의 선명함보다
높은 차원의 흐릿함이
더 위대한 것이니*

진실로 높은 차원의 사람을
알아보고 경외하고 헌신하며,
앞을 향해 쓰러져간
그의 어깨에 올라서 바라보라

이 절정의 젊음이 가기 전에,

너의 힘과 가능성과 열정이
사그라들어 추락하기 전에

아직 위대하지 않아도
지금 위대한 눈을 가져라

*토마스 아퀴나스Thomas Aquinas에게서 일부 따옴

# 영혼의 연루자

후쿠시마 원전이 폭발하던 날
그날, 내 영혼은 피폭되어버렸다

팔레스타인에 드론 폭탄이 떨어지던 날
그날, 내 영혼에는 표적의 칩이 박혀버렸다

4대강이 거대한 시멘트 관 속에 수장되던 날
그날, 내 영혼의 은하수는 끊어져버렸다

교복 입은 그 소녀가 옥상에서 투신하던 날
그날, 내 영혼에는 움푹 핏자국이 파여버렸다

세계의 토박이 농민들이 삶터에서 쫓겨나던 날
그날, 내 영혼은 유민으로 추방되어버렸다

코로나 뒤에 숨은 세력과 백신패스에 저항하던 날
그날, 내 영혼에는 음모론자의 낙인이 찍혀버렸다

그날 이후,
나는 영혼의 연루자가 되고 말았다

# 수선화가 처음 핀 날

오늘은 수선화가 처음 핀 날
햇살은 맑아도 공기는 시린데
아침부터 수선화 앞에서 어쩔 줄 모른다

바쁜 내 손길이 아무렇게나 심었어도
불평 한마디 없이 곱게도 피었구나
연노랑 얼굴에 초록 두 손을 받치고
일제히 해 뜨는 쪽으로 명랑하게 피어나
맑은 찬가를 부르는구나

오늘은 수선화가 처음 핀 날
아침 햇살 아래 겨우내 고이 써온
눈부신 연노랑 편지를 읽는 날

씨앗을 품은 믿음이 있었어요
참아내고 기다리고 견뎌냈어요
소중하고 가치 있는 것에는 반드시
시간과 정성이 따르는 법이니까요

봄날 아침 수선화꽃 언덕에서
해맑은 얼굴로 피어나는 그대를 위해 경배!

# 후에, 그 아이들이

처음부터 나의 땅은 이 지상에 없었다
단지 내 두 발이 걷는 발자국만큼이 나의 땅,
발걸음을 떼는 순간 나의 땅은 소멸된다

오늘까지 내가 경작할 땅은 어디에도 없어서
이 드넓은 땅에 나의 몫은 애당초 없어서
하여, 나는 허공에 씨를 뿌린다

하지만 나는 여기 지구 위를 걸어온
내 두 발의 뜨거운 입맞춤을
생생히 기억하고 있으니

보라, 내 발자국이 나의 영토이다
그 발자국마다 깊이깊이 스며든
내 사랑과 투혼과 지울 수 없는 상처와
마르지 않는 눈물과 핏방울이 나의 씨앗이다

그러니 그대여,
다시 나를 추방하고 무시할지라도
내 발자국이 입맞춤해온
대지의 사람들만은 기꺼이 존중해다오

후에, 미래에서 걸어오는 아이들이
내가 묻힌 땅을 경작하며 노래할 것이다

# 비상등과 사이렌의 세계

좋은 소식은 반딧불처럼 찾아오고
나쁜 일들은 응급차처럼 달려온다


나의 세계는 번쩍이는 비상등 불빛
나의 시대는 질주하는 사이렌 소리


지금 비상의 세계는 일상이 되고
인간의 날들은 끝으로 달려가는데


형광빛 비상등은 날카롭게 번쩍이고
사이렌 소리는 갈수록 크게 울리고


전조도 없고 기척도 없이 급습하듯
그날이 내 안으로 질주해오고 있는데

# 핵존심

자존감을 가져라
자기를 사랑하라
노래하는 시대에

자존심 안에는
폭탄이 들어있지

세상을 파괴하는
핵폭탄이 들어있지

핵무기도
핵존심만 못하지

핵존심으로 무장한
자기중심의 내면에는
오만과 비굴이
우울과 조증이
불안과 혐오가
하나로 이글대지

자기 사랑은 자기 파괴지

핵존심은 열폭감이지

핵존심을 연결하면,
열폭감을 불지르면,

누가 터뜨리든
누가 자폭하든

바라지 않아도
공평한 파멸이 오겠지

## 말이 없어도

대빗자루로 깨끗이 쓸어 놓은
아침 흙마당이 나를 가르친다

나무 책상 위에 단정히 놓인
공책과 만년필이 나를 가르친다

낡고 편안한 의자가 햇살 아래
내 몸을 받아주며 나를 가르친다

누구인지 모를 그가 나를 가르친다
말이 없어도 가만히 나를 가르친다

# 책은 위험하다

책 한 권 때문에
어디론가 끌려간 친구를 알고 있다
책 한 권 때문에
가벼운 인생이 무거워지고
책 한 권 때문에
어둠 속 눈동자에 불꽃이 튀고
책 한 권 때문에
돌아오지 못할 길로
걸어가버린 친구를 알고 있다

책은 정말로 위험한 물건이다
인생의 등불이며 영혼의 등대인 책은
오, 너를 어두운 세계로 인도한다

소음과 소란으로 치달리는
환한 세상의 어둑한 구석에 앉아
조용히 책을 읽는 사람
흰 종이 위 검푸른 활자 사이로
아름드리나무 숲길을 홀로 걸으며
깊은 생각에 잠긴 사람

위험한 책을 든 그는 지금
이 세계를 혁명하려 하거나
자기 자신을 안으로부터 바꾸는
불꽃과 조우하여 타오르고 있으니

책은 정말 위험한 것이다
젖은 눈으로 책 속을 걷고 있는
위험한 자들을 경계하라

# 그냥 먹는 게 아니제

여명의 안갯속에
첨벙첨벙 뜬모를 심는 농부

일찍 나오셨네요
인사를 해도 무뚝뚝하게

그냥 먹는 게 아니제
단 한 마디다

벼는 사람 손이 88번 들어간다거나
식량안보다 기후정의다 탄소중립 따위의
지식의 언어를 첨벙첨벙 밟아가며

그냥 먹는 게 아니제
단 한 마디다

온 삶의 무게가 실린
단 한 줄이다

# 여자한테 차인 날

아홉 살 해성이가 시무룩하다
놀이터 그네에 앉아 흔들흔들
홀로 침울한 얼굴이다

저 여자한테 차였어요

어쩌다가, 많이 아프겠네
나는 해성이 손을 잡고 산책을 나선다

아저씨도 차인 적 있어요?

얌마, 너 사람을 어떻게 보고
멋진 남자인 내가 여자한테…
참 많이 차였지

해성이가 싱긋 웃는다

제가요 학교 끝나고 오는 길에요
야 나랑 사귀자 했는데요
한참 걸어가더니 휙 돌아서서
그런 말 하지 마 그랬어요

해성인 그 애를 얼마나 좋아하는데?

다른 여자애들은 흐리고요 걔만 보여요
칠판을 봐도 창밖을 봐도 걔만 보여요
마트에 가도 걔가 좋아하는 것만 보여요

정말 좋아하는구나
근데 해성이가 좋아한다고
그 애도 좋아해야 하는 건 아니지
또 사귀고 싶어도 친구들 다 있는 데서
바로 그래 사귀자 할 수 있겠니
그러니까 편지를 써보면 어떨까
먼저 그 아이의 좋은 것을 쓰고
네가 얼마나 좋아하는지 쓰는 거야

전 편지 써본 적 없는데 어쩌죠

뭐든 하게 하는 용기를 주는 게 사랑이잖아
마음이 다 담길 때까지 쓰고 또 써보는 거지

근데요 편지 받고도 싫다면 어쩌죠

어쩌긴 뭐, 너도 나처럼

가슴이 멍들어 푸르러지는 거지
세상에는 내 맘대로 안 되는 게 있어
어찌할 수 없는 게 있어

그게 인생인가요
여기가 아픈 게요
아저씨처럼 많이 차여야 할까요

얌마, 너 나한테 왜 그러는데,
아프다니까 또 왜 그러는데,

해성이가 깔깔깔 웃는다
아홉 살 나쁜 놈이 웃는다

그래 내 인생은 차이고 또 차이고
여기저기서 까이고 또 까이고
계속 사랑에 차이는 중이란다
그래서 쓰고 또 쓰고 새로 쓰고
늘 사랑의 편지를 쓰는 중이란다

해성이는 한 달째 게임도 제쳐두고
사랑의 편지를 쓰고 있다

그렇게 아홉 살 사랑은 다시 시작된다
지구에서 사랑 하나가 다시 시작된다
차인 가슴에 사랑이 차오를 때까지

# 젊음은, 조심하라

젊음은, 조심하라

젊음은 무관의 권력이어서
그 자체로 인류의 절정이며
너무 짧은 아름다움이어서
그대 가는 곳마다
유혹이 따르기 마련

젊은 너의 마음을 얻으려
온갖 위로와 재미를 바치며
화려한 유행의 분방함으로
고귀한 젊음을 탕진케 하리니

젊음은, 조심하라

시선의 눈총에 구멍 난 영혼으로
우울하거나 휩쓸리거나
과시하거나 열폭하거나
자기중심의 얼음성에 갇혀
온기 없이 시들어 가리니

자기 자신을 잃지 말며
자기 안에 갇히지 말라
그것은 서서히 자신을
죽여가는 것과 같으니

젊음은, 조심하라

# 어머니가 그랬다

상고 야간부를 겨우 졸업하고
첫 입사 면접에서 떨어지고 온 날
찬 셋방에서 가슴 졸이던 어머니가
태연한 표정을 지으며 그랬다

네가 네 돈 주고 사람 뽑으라면
명문대생 뽑제 널 뽑을 것이냐
그이들이 한번에 알아볼 사람이면
흔한 회사원이지 어디 인물이것냐

두 번 세 번 떨어지는 게 일이 될 즈음
아들, 그만하시제, 헛심 쓰다 헐해지겠네
남들 다 좋아하는 일 하려 들지 마시고
남들 안 하려 해도 중헌 일 안 있겄는가

나는 그 길로 공장 밑바닥으로 향했다
그로부터 내 인생의 모든 것이 달라졌다
세상을 보는 눈도 사람을 보는 눈도
내 생의 소명도 시도 사랑도 운명도

# 누가 우리를 여기에

가을 오후에 그녀와 만나서
물들어가는 경복궁 길을 걸어
교보문고에서 책 몇 권과 노트를 사고
갤러리에 들러 전시를 보고
은목서 향기 흐르는 카페테라스에서
차를 마시며 담소를 하다가
눈 가늘게 뜨고 하늘을 보는 그녀를
아득히 역광에 바라보는 순간,
내 안에서 나직이 부르짖는 메아리

아, 누가 나를 여기에 갖다 놓았을까*

우리가 더 일찍 만났더라면
여기가 아닌 거기서 만났더라면
아무르 강가의 자작나무 숲을 걸었을 텐데
바람 부는 몽골 초원을 말 달리며
가을 꽃을 한 다발 꺾어 네게 안겨주었을 텐데
파미르 고원 어느 객잔 등불 아래서
네 가슴과 내 심장에 바늘로 별 하나를
언약으로 새기고 나는 전선으로 떠났을 텐데

돌아오지 않는 나를 찾아서
너는 말을 타고 전선을 떠돌고
나는 너의 자취를 쫓아
노을이 타는 가을 강을 거슬러 오르며
너를 부르며 널 찾아 헤매다
절벽 위의 은빛 억새밭 사이에서
너를 향해 쓰러져 갔을 텐데

아, 누가 우리를 여기에 데려다 놓았을까
그때 거기가 아닌 지금 여기에

*파스칼Blaise Pascal에게서 일부 따옴

# 봄이네요 봄

겨울은 등 뒤에서 슬금슬금 걸어왔지만
봄은 앞길에서 아롱아롱 찾아옵니다
하루아침에 봄이네요 봄

겨울은 어깨 위로 으슬으슬 내려왔지만
봄은 발밑에서 으쓱으쓱 밀어옵니다
아래로부터 봄이네요 봄

겨울은 준비도 없는 얇은 자에게 먼저 왔지만
봄은 많이 떨고 많이 견딘 자에게 먼저 옵니다
간절한 자의 봄이네요 봄

아직 오지 않아도 이미 오고 있고
아직 보이지 않아도 나를 감싸는
봄이네요 봄

꽃눈의 기척처럼 토옥 톡 토옥
마음이 사무치면 꽃이 피는
봄이네요 봄

# 누구보다 열심히 살아온 나는

누구보다 열심히 살아온 나는
얼마나 열심히 멀어져 왔던가
열심히 공부해 진리에서 멀어지고
열심히 일해서 삶에서 멀어지고
열심히 쌓아서 하늘에서 멀어졌던가

누구보다 열심히 달려온 나는
너무 많이 나에게서 멀어져 왔다
너무 멀리 삶의 경로를 이탈해 왔다
너무 얕게 사랑에서 겉돌아 왔다
너무 빨리 내 영혼을 지나쳐 왔다

# 저기 사람이 있습니다

저기 허공에
사람이 있습니다

장맛비 치는 허공에
눈보라 치는 허공에

아침 나팔꽃처럼
붉은 동백꽃처럼

저기 아찔한 허공에
사람이 매달려 있습니다

제발 좀 들어주세요
제발 좀 만나주세요

경제도 기업도
사람이 하는 것 아닙니까

정치도 법률도
사람이 하는 것 아닙니까

힘이 없어도 돈이 없어도
함께 살아야 할 나라 아닙니까

대한민국은
사람이 희망인 나라 아닙니까

여기 사람이 달려 있습니다
사람의 목숨이 달려 있습니다

일하는 사람들의 존엄이
정의를 울부짖는 얼굴이

허공에 매달려 있습니다
여기 사람이 있습니다

# 거목의 최후

바람 부는 가을 숲에서
아름드리나무가 쓰러지고 있었다
한 생의 사명을 다한 거인이 그윽한 미소로
자신이 무엇을 이루었는지도 모른다는 듯
천천히 대지를 향해 쓰러지고 있었다

성냥개비보다 작은 몸으로 태어나
수만 배가 넘게 자신을 키워온 나무가
그보다 수만 배가 넘는 푸른 숨결을
묵묵히 지상에 바쳐준 저 나무가
이제 세상쯤은 아무 미련도 없다는 듯
수직에서 수평으로 쓰러지며
장엄한 한 생을 뉘이고 있었다

그가 비바람과 눈보라 속에서도
수백 년 동안 굳건히 서 있던 자리에는
문득 공간이 환하게 열리고
그 텅 빈 고요와 쓸쓸함 사이로
눈부신 아침 햇살이 쏟아져 내리고
시린 하늘이 가득히 차오르고 있었다

# 오늘처럼만 사랑하자

오늘은 사랑 하나로 눈부신 날
우리 오늘처럼만 사랑하자
검푸른 우주 어느 먼 곳에서
그대와 내 별의 입맞춤이 있어
떨리는 그 별빛 여기 도착해
사랑의 입맞춤으로 환히 빛나니
우리 오늘처럼만 사랑하자

오늘은 사랑 하나로 충분한 날
우리 오늘처럼만 걸어가자
바람 부는 길 위에서 그대와 나
한 줌의 씨알처럼 가난할지라도
가슴에 새긴 입맞춤 하나로
함께 가는 걸음마다 꽃을 피우리니
우리 오늘처럼만 사랑하자

오늘은 사랑 하나로 감사한 날
우리 오늘처럼만 바라보자
해와 별이 하루도 쉬지 않고 비추듯
좋은 날도 힘든 날도 함께 앞을 바라보며
세상의 아프고 힘든 또 다른 나와 함께

이 한 생이 다하도록 깊어지는 사랑으로
우리 오늘처럼만 사랑하자

## 사방으로 몸을 돌려 싸웠다

그날 종로2가 뒷골목에서
진압봉과 방패에 찍혀 끌려가던
너는, 고개 돌려 나를 바라보았지

눈물 젖은 얼굴
커다란 눈동자
퍼져오는 피 냄새

네 눈동자는
하얗게 소리치고 있었지
날 구해줘! 가 아니었어
도망가, 빨리 도망가!

난 돌아설 수 없었지
물러설 자리도 없었지
너를 감싼 내 등과 머리에
군홧발 소리 몽둥이 소리
퍽, 퍽, 퍽,

그리고 아득한 적멸
둔탁한 비명이, 절규가,

신음조차 끊긴 그 순간,
땅바닥에 번져 오르던 피 냄새

그날 이후, 내 안에는
깊은 신음이, 둔탁한 절규가,
나오지 않는 말들이 살고 있지

도망가,
하얀 비명
절박한 사랑의 유언
시퍼런 피 냄새
피로 쓴 혁명의 시

그로부터 나는,
어두운 시대의 새벽길을 달렸고

포위된 나는, 나의 시는,
사방으로 몸을 돌려 싸웠다

## 모두가 아무도

아무도 행복하지 않았으나
모두가 그냥 즐기자고 다녔다

아무도 희망을 갖지 않았으나
모두가 미래를 대비하며 바빴다

아무도 자기 내면과 이어지지 않았으나
모두가 실시간으로 연결되어 있었다

아무도 총을 들진 않았으나
모두가 눈총을 난사하고 다녔다

모두가 얼굴 없는 인간이 되었으나
아무도 강탈당했다고 저항하지 않았다

모두가 갇히고 격리돼 만날 수 없었으나
아무도 사랑의 폐기라고 말하지 않았다

모두가 자기 몸에 뭔가를 강제당했으나
아무도 내 신체의 자유를 외치지 않았다

모두가 '그레이트 리셋'의 세계를 예고했으나
아무도 인간이 먼저 리셋당한지 알지 못했다

모두가
아무도

# 여행자의 기도

낯선 땅에 첫발을 내딛으며
나는 기도한다

설산이여 산맥이여 고원이여 들녘이여
광야여 사막이여 저를 받아주소서
대지를 지키고 이야기를 보존해온
이 땅의 사람들이여 저를 받아주소서

우주에서 오직 이 장소에 뿌리박은 자만이
체득할 수 있는 삶의 진실을 전해주소서
기쁨의 순간들과 좋았던 일들을 들려주시고
고난과 실패를 이겨낸 불굴의 인내와
곧고 선한 인간의 위엄을 전해주소서

꽃과 나무를 기르는 단아한 집안의 가족들과
용감한 청년들과 아름답고 총명한 여인들이
저를 친구로 받아들이게 하시고
눈 맑은 아이들과 손잡고 웃으며 걷게 하시고
노인들의 오래된 지혜와 경륜을 물려주소서

일 잘하는 장인과 안목이 높고 솜씨 좋은 이와

논밭을 경작하고 과일을 길러 따고 벌꿀을 치고
사냥을 하고 소금을 캐고 물고기를 잡고
양떼를 모는 이들의 정직하고 빛나는 노동으로
저를 겸허히 가르치게 하소서

선조들과 자신들의 발자국이 아로새겨진
빛나는 터무늬와 장엄한 풍경 속에 벌어지는
춤과 잔치와 탄생과 혼인과 장례와 축제와
시와 노래와 연애와 우애와 저항과 기도와
묘비가 있는 곳으로 저를 초대하소서

오래전부터 저를 기다려온 좋은 이들을 만나
진실한 증언을 듣고 희망을 심어 가게 하시고
절망과 슬픔의 골짜기를 걷고 있는 이들을
제게 보내주시어 위로하고 격려하며
무력한 사랑뿐인 저를 더 분투하게 하소서

그리하여, 여행자의 발길을 낮추어
당신의 삶 속으로 나직이 스며드니
저를 받아주소서

## 고요한 봄

목련 꽃그늘 아래
문득, 골목이 고요하다

아침부터 썰렁한 교실에 앉혀지고
호송차에 태워져 학원에 앉혀졌던 아이들이
탈진한 걸음으로 봄길을 걷는다

인생에서 가장 생기 차고 눈부신 소녀들이
긴 그림자처럼 늘어져 걸어간다

아이들에게 가장 괴로운 건 꼼짝 못 하는 것
폭풍 성장하는 몸의 생명력을 묶어두는 것
가둬진 생명력은 어디론가 터져 나오는 것

닫혔던 아이들의 입에서 폭발하듯
야이 씨X (삐이— 삐이— 삐이) XX야
욕설과 안티와 폭력이 튀고 피가 튄다

기관총처럼 욕을 난사하던 아이들이
문득, 조용하다

휴대폰을 쥐고 이어폰을 꽂고
지금 이 순간 아이들은 접속 중
이 억압과 혐오의 세계에서 유체이탈해
사각의 디지털 환영 속을 떠돌고 있다

생동하는 봄날이 와도
자신이 그냥 봄인 아이들은
고요한 봄이다
사라진 봄이다

# 괜찮아 괜찮아

괜찮아 괜찮아
잘못 가도 괜찮아
잘못 디딘 발걸음에서
길은 찾아지니까

괜찮아 괜찮아
떨어져도 괜찮아
굴러떨어진 씨앗에서
꽃은 피어나니까

괜찮아 괜찮아
실패해도 괜찮아
쓰러지고 깨어져야
진짜 내가 살아나니까

# 고문 후유증이 기습한 밤에

나는 이미 사라지고 말았어야 할
저 어두운 시대의 악몽이 아닌가

그러나 내가 오늘도 신음을 깨물며
이토록 견디며 퍼렇게 살아가는 건
순전히 의무 때문이란 말이다
빚진 사랑 때문이란 말이다

너희는 그토록 나를 죽이려 했으나
끝내 나를 죽이지 못한다
너희는 나를 알지 못하니
죽이는 방법도 알 수가 없으리라

나는 실패했지만
너희가 원하는 방식으로는
실패하지 않았으니

나에게 기적이 있다면
죽지 않고 미치지 않고
아직 살아있다는 것

나에게 부끄러움이 있다면
죽지 않고 미치지 않고
아직 살아간다는 것

비관의 밤안개가 몰려오는
이런 세계의 한 모퉁이에서도
제정신을 갖고 견디고 맞서고
몸부림침으로 살아가야 하리라
그래야 하리라 나는

사랑 때문에
의무 때문에

오직 나 자신만이 증인인*
나의 사랑 나의 투쟁이 있으니

*니체Friedrich Wilhelm Nietzsche에게서 일부 따옴

# 돌 위에 앉은 개 한 마리

저녁이면 노을을 지고 찾아와
마당가 커다란 돌 위에 올라앉아
나를 내려다보는 들개 한 마리

밥을 내어주면 꼼짝 않고 노려보다
열 걸음쯤 물러나면 그제야 밥을 먹고
위풍당당히 돌아가는 들개 한 마리

갇혀서 얻어먹기는 싫다 이거지
밥줄에 목매달기는 싫다 이거지
애완견으로 아양 떨기는 죽어도 싫다 이거지

돌 위에 올라앉아 나를 내려다보는
개답게 자유를 사는 너의 위엄 앞에
시인은 공손히 조공을 올린다

# 씨앗은 알아서

귀한 씨앗을 심은 지
한 해 두 해째 봄인데도
감감하시다

산에서 향내 나는 부엽토를 쪄다 주고
물도 주고 그늘막을 쳐 주어도
잠잠하시다

하도 갑갑하고 애가 타서
보령 야생화 농원 조규삼 선생께
전화를 드렸더니

열심이네유
애썼구먼유
갑갑하시쥬

그 심정 지가 알아유
근디유, 지가 한 50년 해보니께유
씨앗은 알아서 움직여유
때가 되믄 지가 나와유

어떤 놈은 천둥번개 맞고 깨나기도 하구유
눈보라에 얼어야 말문이 터지기도 하구유
7년 만에 옷 벗고 앵기는 씨알도 있시유

그래도 속이 타시쥬
방법이 하나 있긴 있시유
산에 올라가서 팔뚝만 한 박달나무 가지를
하나 가져다가 젓가락만 할 때까지 깎아유
그런 다음에유 나무랑 씨앗들 한 놈 한 놈
일으켜 세워놓고 패 봐유 하하하

지가 해보니께 나무는유
결핍이 아니라 과잉이 죽여유
사람이 열 내고 하면유 나무가 죽어가유
사람이 죽은 듯 가면유 나무가 살아나유
귀한 나무일수록 무심無心을 좋아혀유

은제 한번 오셔유
박 선생님 좋아하실 만한 고광나무랑
함박꽃나무랑 쪽동백이랑 산수국이랑
이쁘게 분 떠서 담아 놨구먼유
나무랑 씨앗들은 지들 알아서 하라고 내비두고
맛있는 아욱 된장국 드시러 그냥 한번 오셔유

전화를 끊고
나무 한 번 씨앗 한 번
하늘 한 번 바라보다
허허허 웃고 일어선다

조급함과 태만함은
모든 악이 파생되어 나오는 근본적인 죄이니*
조급한 자가 실은 태만한 자이고
태만한 자가 실은 조급한 자이니

그래, 니가 알아서 해부러라
살아나든지 마시든지
씨앗도 나무도 시도 일도 인연도

나는 내일 내가 경애하는 나무꾼인
조규삼 선생과 박의순 선생 보러 가불란다
아욱 된장국에 밥 말아먹으러 가불란다

*카프카Franz Kafka에게서 일부 따옴

# 푸른 물빛은 붉게 물들고

가을 산은
물에 지고

푸른 물빛은
붉게 물들고

수심 찬 가슴은
붉게 타 흐르고

가을 길은
환해 오고

# 너도 한번 털어보자

털어서 먼지 안 나는 사람은 없다고
너도 한번 표적으로 때려보겠다는데

저들이 먼지 가득한 손으로
봐라, 날 때린다면 어쩌겠어요

먼지 낀 입방아들이 포문을 열고
바람을 일으켜 대면 어쩌겠어요

자욱한 먼지가 가라앉고 나면
진실의 빛이 드러나도 누가 알아나 줄까요

하지만 두고 볼 일이지요
누가 덧없는 먼지 속으로 사라지는지

# 두 마음

세상에는 두 가지 사람이 있다
힘을 사랑하는 자와
사랑의 힘을 가진 자

세상에는 두 가지 리더가 있다
리더가 되기를 사랑하는 사람과
사랑을 위해 리더가 되는 사람

그 두 마음 중 하나로부터
모든 것이 시작되고
모든 것이 달라지니

# 아이에겐 필요해

아이에겐 필요해
무조건 필요해
친구와
골방과
자연이

그러니까 자유,
자유의 공기가

그 속에서 아이들은 숨을 쉬며
온전히 스스로에게만 열려 있는
비밀스런 시간을 여행하고
혼자서 저지르고 스스로 헤쳐가고
친구와 함께하며 울고 웃고 자랄 거야

아이들에겐 모든 게 필요해
하지만 이것 없인 모든 게 소용없어
친구와
골방과
자연이

금지와 한계투성이인 세계 속에서
타고난 자유를 경험하지 못한 아이는
쉽게 휩쓸리고 두려움에 지배되니까
스스로 설 줄 모르고 할 줄도 모르는
영원한 상처투성이 아이에 머물 테니까

자기 안에 이미 다 가지고 온
눈부신 하늘빛 아이들아

잘 자랐구나
자유한 만큼 인내를 알며
선한 만큼 강하게 맞서며
온전한 감각 속에 커다란 여백을 품고

자 이제 여정의 놀라움이 온다
떨리는 불꽃의 만남이 온다

# 다 공짜다

세상에 공짜가 어딨냐고
힘주어 말하는 자들은
똑똑한 바보들이다

인생에서 정말로 좋은 것은 다 공짜다

아침 햇살도 푸른 하늘도
맑은 공기도 숲길을 걷는 것도
아장아장 아이들 뛰노는 소리도
책방에서 뒤적이는 지혜와 시들도
거리를 걷는 청춘들의 시원한 자태도
아무 바람 없는 친절과 미소도
푸른 나무 그늘도 밤하늘 별빛도
계절 따라 흐르는 꽃향기도
그저 이 지구에 있어주는 것만으로도
고맙고 눈물 나는 숨은 빛의 사람들도

내 인생의 빛나는 것들은 다 공짜다

돈으로 살 수 없고
숫자로 헤아릴 수 없고

무엇으로도 대체할 수 없는

고귀하고 아름다운 것들은

삶에서 진실로 소중한 것들은 다 공짜다

# 대중성이라는 무덤

대중성이라는 무덤
그 공동묘지로 들어서는 길은
넓은 문이다

다수결이 진리가 되었고
좋아요 수가 선이 되었고
빅데이터가 현자가 된 시대

잠깐, 시간이 흐르고 난 뒤
폐허가 된 저 공동묘지에는
굵은 글자가 새겨져 있으리라

'영혼 없이 즐거운 시체들의 터'

# 사랑이 일하게 하라

일을 사랑하지 말고
사랑이 일하게 하라

사랑은 도구가 아니고
내가 사랑의 도구이니

사랑의 일로 상처 난
그 마음을 바쳐라

만일 내가
사랑을 가두거나
사랑에 갇힌다면

그땐 날 쏴라
사랑의 총성이여

나는 해낼 것인가
사랑이 해낼 것이다

일을 사랑하지 말고
사랑이 일하게 하라

# 메시는 영원하다

나는 메시의 영원한 팬이다
나는 메시로 끝내려 한다


메시에 대해 이러쿵저러쿵하는 이들은
어떤 이해관계에 얽혀 있거나
실은 축구를 모르는 이들이다


이제까지 최고의 축구 선수들이
탁월한 베스트셀러 작가였다면
메시는 그라운드의 시인이다


'늘 냉정히'
경기장을 산책하듯 전체를 조망하다
단순하고 아름다운 궁극의 기술로
단 한 줄로도 치명적인 시를 써낸다


메시는 패배도 잘한다
수많은 태클과 가격에 피도 잘 흘린다
"메시가 끝났다"라는 말도 자주 듣는다


온갖 비난과 조롱에도 메시는 침묵한다

그리고 오직 경기로 그들을 침묵시킨다

90분 내내 잘 풀리지 않는 경기에서
모두가 낙담할 때도 메시는 한순간
시처럼 짧게, 번쩍 끝내버린다

축구에서 팀보다 위대한 선수는 없다
그렇다
메시 말고는

시는 영원하다
메시는 영원하다
나는 메시의 영원한 팬이다

# 행복을 붙잡는 법

우울한 기분으로 먹구름을 몰지 마라
체념한 걸음으로 지구 위를 끌지 마라
냉랭한 마음으로 눈보라를 일지 마라

좋은 이는 바로 가까이에서 걸어오고 있다
그가 지금 네 곁을 영원히 스쳐가고 있으니
행복을 붙잡는 법을 배워라

귀를 막고 걷지 마라
고개를 들어 앞을 보라
먼저 미소 띤 눈인사를 건네라

고귀하고 아름다운 것을 가려보는
안목과 지성을 길러라
저 별들 사이를 걸어온 고유한 빛을
알아보는 내적 식별력을 길러라

타인의 시선에 반쯤 눈감아라
오직 자기 자신에게 진실하라
상처받고 실망하는 걸 웃으며 견뎌내라

지금 이 지구에 단 둘이 마주 걷고 있다
오, 세상의 그 많은 사람과 조건이 다
배경에 불과한 순간이 지금이다

그가 바람같이 스쳐 지나간다
번개같이 뛰어가 조우하라
좋은 이는 네 곁을 지나가고 있다

# 고맙다 적들아

고맙다
나의 적들아
고난들아
상처들아

네가 있어
나를 찾아서
너와 싸우며
내가 있었다

고맙다
나의 적들아
너를 뚫고 나와
난 나를 버린다

잘 가라
너도, 나도,
새로운 나의 적들아
새로운 내가 나선다

## 사람이 영물이다

흰 서리 내린 가을 아침
누군가 문밖을 서성인다
코끝 시린 국화 향기로
누군가 나를 부른다

머리에 흰 서리가 내리니
할머니가 더 자주 걸어오신다
갈수록 여명처럼 희미한 모습인데
한 마디만이 더 선연하게 들려온다

사람이 영물이다

그 많은 말들은 물든 잎새로 떨구고
텅 빈 여백의 가을 길을 걸어와
긴 여운으로 울려오는 한 마디

사람이 영물이다

아가, 사람이 허는 일은 숨길 수도 있고
영리하게 꾸밀 수도 있지만 말이다
그가 어떤 마음으로 하는지는

사람이 영물이라서 다 안단다
하늘이 알고 땅이 알고
하늘 사람이 다 안단다
그랑께 정한 마음으로 허고
참말로 살아야 쓴단다

어린 나는 입술을 꼬옥 다물고
하늘을 바라보며 고개를 끄덕이곤 했지

지금 세계는 급변하고
인심은 사나워 가는데
하늘도 마음도 바라볼 틈이 없는데

그래도 사람이 영물이다
내가 어떤 마음으로 하는지
내가 어떤 마음으로 사는지
사람은 영물이라서 다 안다

사람이 영물이다

## 묻지 말자

좋은 일을 하면서
앞일을 묻지 말자

사랑하는 이에게
받을 걸 묻지 말자

나의 길을 가면서
비교를 묻지 말자

# 싱그런 레몬 한 개

여기 싱그런 레몬이 한 개 있다
레몬의 사명은 쥐어짜지는 것
한 방울도 남김없이 쥐어짜지는 것

스승의 지혜는 제자에게
국가의 권력은 시민에게
소유한 물질은 사랑으로

여기 단 한 번뿐인 인생을
삶의 목적에 짜 내어주지 않는다면
삶의 수단이 내 인생을 쥐어짜리라

여기 싱그런 레몬이 한 개 있다
내 손으로 짜낸 새콤한 레몬즙으로
우리 삶을 정성 들여 요리하고
기쁨과 감사로 맛보고 나누자

## 죽은 자들이 산다

노을 녘에 그녀와 차를 마시며
담소를 하고 돌아오는 길에
문득 깨닫고 멈춰 섰다
우리의 대화에 수많은 죽은 자들이
참여하고 있었다는 걸

그녀는 다섯 문장을 고전에서 인용했고
나는 세계의 사건에 관해 몇 개의 어휘를
죽은 자들의 입을 빌어 말했고
죽은 자들이 겪은 고뇌와 고투에 대해 말했고
아, 나와 그녀 사이에 죽은 자들이 모여 앉아
지켜보고 격려하고 영감을 주고 있었다

이 세상은 산 자들만 사는 것이 아니다
삶이란 죽은 자들, 더 정확히는
앞서간 이들과 함께 살아가는 것이다

나는 지금 죽은 자들이
만든 오래된 책상에 앉아
죽은 자들이 멀리서 부쳐온
두꺼운 편지인 책을 읽고

죽은 자들의 시와 노래를 듣고
죽은 자들의 살과 피와 눈물과
사랑의 한恨을 품고 써 나가고 있다

내 안에는 죽은 자들이 살고 있어
죽어서 빛이 된 이들에 감싸여 있어
죽은 자는 사라지지 않으니

나는 죽은 자들의 아이
죽은 자들은 나의 친구
나는 죽은 자들과 산다
초연한 침묵으로 말을 할 뿐인
그이들과 함께 산다

# 예수를 패버리러 지옥으로 쫓아갔지

어느 날인가
이 세상에 나를 위한 곳이 없다고 느낄 때
여기가 지옥이다

어느 날인가
이 세상에 나를 필요로 하는 곳이 없다고 느낄 때
여기가 지옥이다

그 많은 사람 중에
나를 바라봐 주고 사랑해 주는 사람이 없다고 느낄 때
여기가 나의 지옥이다

그 많은 사람 중에
내가 바라봐 주고 사랑해 준 사람이 없음을 알았을 때
내가 그 지옥이다

누구의 죄냐고,
누가 날 이렇게 만들었냐고,
예수를 패버리러 지옥으로 쫓아갔을 때*

그는 이미 피투성이로 죽어가고 있었다

그를 끌어안고 누군가 울부짖고 있었다
몇 번인가 지옥을 들락거리던 내가 울고 있었다

*래퍼 나스Nas에게서 일부 따옴

# 이별은 차마 못했네

사랑은 했는데
이별은 못했네

사랑할 줄은 알았는데
이별할 줄은 몰랐었네

내 사랑 잘 가라고
미안하다고 고마웠다고
차마 이별은 못했네

이별도 못한 내 사랑
지금 어디를 떠돌고 있는지
길을 잃고 우는 미아 별처럼
어느 허공에 깜박이고 있는지

사랑은 했는데
이별은 못했네

사랑도 다 못했는데
이별은 차마 못하겠네

잊다가도 웃다가도
홀로 조용한 시간이면
스치듯 가슴을 베고 살아오는
가여운 내 사랑

시린 별로 내 안에 떠도는
이별 없는 내 사랑
안녕 없는 내 사랑

나는 다만 나 자신을

# 이름대로 살아야겠다

휘청, 내가 무너지는 날이면
내 마음의 백척간두에 서는 날이면
지구의 벼랑 끝에서 아득히
누군가 호명하는 내 이름의 메아리

이름대로 살아야겠다

이름은
일러냄
내가 이르러야만 할 길로
나를 불러일으켜 내는 것

가장 순수한 염원과
간절한 기원을 담아
내 이름이 여기 이 땅에
한 생의 사명으로 호명呼名되었으니

일생 동안
내가 가장 많이 들은 말
내가 가장 많이 부른 말

내 이름

이름을 배반하지 말아야겠다
이름을 빼앗기지 말아야겠다

오늘도 누군가 호명하는
우주의 긴 메아리

너를 부른다
나를 부른다

이름대로 살아야겠다
이름 따라 걸어야겠다

# 무화과無花果

찬란한 꽃들의 세상에서
나
꽃 같은 건 피우지 못해도 좋다

눈에 보이는 꽃만이 꽃인가
남몰래 속으로 속으로
울며 피워 올린 꽃

꽃 한 번 피우지 못하고
소리 없는 눈물로
나를 키우고 나를 살려온
속꽃 핀 사랑의
얼굴들을 떠올리며

푸르게 멍든 가슴에
안으로 안으로 달게 피워 올린
눈물 어린 붉은 속꽃

꽃도 없이 향기도 없이
속꽃 핀 내 혼신의 사랑
무화과無花果

# 모처럼 사람을 만났다

오늘 모처럼 사람을 만났다

그녀는 반듯하고 편안한 자세로
시선을 바로 하고 나를 응시했다
다정한 미소와 탁 트인 웃음이
자연스런 표정과 진실한 감정이
이야기 흐름 따라 물결치는 사이로
생생한 기운이 우리를 감돌았다

분주한 세상을 배경으로 단 둘이만
여기 지구 행성에 마주앉아 있는 듯
우리는 서로에게 온 존재를 기울여
서로 안에 잠든 무언가를 비추고 일깨웠다

그녀는 내게 간절한 물음을 던졌고
주제의 근본까지 파고들며 전념했고
대화 중에 간간이 수첩에 적어가며
꾸밈없는 자기 생각과 심정을 말해주었고,
자신의 경험이 닿지 않는 어떤 아스라한
사유의 경지에서는 문득 침묵했다

내면에서 나오는 음성의 맑은 파동과
진심이 담겨 있는 살아있는 어휘에
난 살며시 눈을 감고 미소 지으며
생기 어린 바람결에 나를 맡겨 두었다

그렇게 소음이 흐르는 도심의 카페에서
우리는 어떤 새로운 자장磁場을 형성했고
오롯이 서로를 향해 온전히 몰입하는
속 깊은 만남을 갖고 있었다

오늘 모처럼 사람을 만났다

스마트폰 한번 들여다보지 않고
타인의 시선을 의식하지도 않고
자기 과시와 과장을 늘어놓지 않고
잘 보이려 눈치 보며 맞추지도 않고
다 아는 듯이 얇고 넓은 지식과
핫한 유행을 들이대지 않는 사람

대화 사이사이 찾아드는 침묵이 어색해
아무 말이나 꺼내 놓지 않고
소신 없는 말투로 흐리지도 않고
자기가 지금 무슨 말을 하고 있는지,

지금 누구와 마주하고 있는지를
선명하게 자각하며 제정신을 가진 사람

그렇게 서로를 '만나버림'으로
삶의 경로를 변경하고 결단하는
깊숙한 떨림이 살아있는 사람

오늘 사람다운 사람을 만났다
실로 충만하고 생생하게 살아있는
긴 하루의 생이었다

# 안타까워라

안타까워라
자기가 땀 흘린 것보다
더 많은 것을 거두는 사람은

애처로워라
자기가 이룬 선업보다
더 높은 평판을 받는 사람은

가련하여라
자기가 살아낸 진리보다
더 넘치는 말을 하는 사람은

불안하여라
자기가 받은 사랑보다
더 적게 사랑하는 사람은

불길하여라
자기가 흘려준 눈물보다
더 크게 웃고 있는 사람은

# 별일이야

인생 뭐 별거 있어
별일 없이 산다고
함부로 말하지 마라

우리 모두는 별의 아이들
별의 인연으로 여기 탄생해
별의 일로 살아가는 생이다

저 광대한 우주에서 보면
너도 나도 먼지 하나처럼
눈에 띄지도 않는 작은 존재이나
그 긴 시간 우주는 온 힘을 써서
여기 나 하나 탄생케 했으니
인간은 그 별의 기억과 여정을
한껏 머금은 생각하는 존재이니

저 검푸른 우주에 빛나는 별처럼
내게 주어진 한 생을 다 사르며
살고 살게 하고
사랑하고 잉태하고
남김없이 피고 지고

마침내 빛이 되어 돌아가는
인생은 '별일', 별의 일이니

우리 인생은 내가 아는 것보다
훨씬 크고 간절하고 고귀하며
영원의 빛을 품고 있는 신비이니

별을 본다
너를 본다
네 안의 빛을 본다

# 나무가 먼저였다

나무가 먼저였다
사람보다도

나무가 오래였다
역사보다도

나무가 지켜줬다
군사보다도

나무가 치유했다
의사보다도

나무가 가르쳤다
학자보다도

나무가 안아줬다
혼자일 때도

나무가 내주었다
죽는 날까지

# 아버지 내 아버지

아버지, 당신은 나를
두 번 태어나게 하셨지요
한 번은 밤의 잉태로
한 번은 낮의 사별로

당신은 일곱 살의 나를 두고
너무 빨리 저 강을 건너고 말았어요
그날 이후, 나는 구멍 뚫린 생이 되어
세상의 찬바람에 번쩍, 깨어버린
아이가 되고 말았어요

만일 당신께서 살아서
내 언덕이 되어주었다면
나는 가난도 모르고 고난도 모르고
여기가 아닌 저기에 서 있겠지요

당신이 내게 남긴 이른 죽음,
그 쓰라린 선물이 있어 나는
일찍이 내 두 발로 일어섰고
불의에 맞서 싸웠고 강해졌고
이 큰 사랑을 알게 되었습니다

그래도 아버지
얼굴도 음성도 기억나지 않는 아버지
함께 찍은 사진 한 장 없는 울 아부지

나는 이제 당신보다 훨씬 나이가 많은데
지금도 아빠와 목욕을 하고 축구를 하고
손을 잡고 걸어가는 아이들을 볼 때면,
거리에서 '아들' 부르는 소리만 들리면,
멈칫 돌아보며 미소 짓는 눈가에는
긴 강물이 흐른답니다

오늘도 국경 너머를 다니며
아빠 없는 아이들을 안아주지만
아버지 품에 다 안겨보지 못한
내 작은 등이 너무 시려서
바람 부는 날이면 웅크린 소년이 되어
자꾸만 뒤를 돌아봅니다

그래도 아버지
당신이 주신 그 불치의 결여 속에서
나는 오늘도 주먹으로 눈물을 훔치며
씩씩한 걸음으로 나의 길을 갑니다
나는 언제나 일곱 살 소년의 눈빛으로

이렇게 파랗게 늙을 줄을 모릅니다

서러운 내 아버지
그리운 울 아부지

# 거룩한 바보처럼

진리를 말하는 사람이 있고
진리를 살아가는 사람이 있다

하느님을 말하는 사람이 있고
하느님을 느끼게 하는 이가 있다

사랑한다고 말하지 않지만
사랑으로 자신을 내어주는 이가 있다

거룩한 바보처럼
사랑의 은자처럼

# 나를 죽이던 시간이 확 돌아서

아침이면 바쁘게
가야 할 곳이 없네

어제까지 종종걸음 치던 나는
홀로 무거운 느린 가락 하나

스마트폰에 고개를 박고
속도의 거리를 망명자로 걷네

꿈꿔왔던 느림과 여유는 막상 공포이고
쉼 없이 울려 대던 휴대폰마저 적막이고

나를 죽이던 시간들이 확 돌아서
죽여 달라, 죽여 달라, 악을 쓰네

아직 이 나이에 밥벌이야 없겠냐만
재미난 것 투성인데 볼 일이야 없겠냐만

내 근력과 두뇌는 노동을 꿈꾸는데
내 심장과 열망은 기여를 꿈꾸는데

나만 홀로 외떨어진 이 낯선 세계에서
나는 서서히 어디로 삭제되고 있는 것이냐

세계 어딘가에서 몰아친 칼바람에
줄 끊어진 연처럼 허공을 표류하는 나는

## 새떼와 나무

겨울새를 탐조하러 갔지요
하늘을 뒤덮는 새들의 군무에
땅이 어둑어둑해지는 모습이 장관이더군요
돌아오는 길에 할머니 말씀이 울려오더군요

아가, 새를 쫓는 사람이 되지 말고
새를 불러들이는 사람이 되거라

한 해 한 해 나무를 가꾸면서 알게 되었죠
세상엔 새떼를 쫓아다니는 사람과
새들이 찾아드는 사람이 있단 걸요

철새떼는 한순간에 떠나고 말지만
한 그루 한 그루 나무를 심어 기르고
숲을 이루다 보면 새들이 찾아들어
나를 감돌며 노래하고 가호하더군요

팥배나무 산사나무 동백나무 찔레 호랑가시
빨간 알이 빛나는 눈 쌓인 시인의 정원에
동박새 참새 직박구리 산비둘기가 찾아와
고운 소리로 무언가를 전언하더군요

가만히 언 하늘을 바라보면
새들이 내가 나무인 줄 아는지
내 어깨에 내려앉아 함께 하늘을 보더군요

또 계절이 흐르면 종달새 뻐꾹새 휘파람새가
명랑한 그 소녀처럼 다시 찾아오겠군요

춥고 가난하여 간절한 새들이
시인의 정원에서 붉은 열매를 쪼아 먹으며
맑고 시린 노래가 한창인
좋은 겨울 아침이네요

## 회갑回甲에

60갑자 생의
한 순환을 완주한 나이
회갑回甲에,
첫마음의 등불을 들고
내 살아온 날을 비춰본다

스무 살에
나는 결심했다
그리고 썼다

저를 쉽게 죽지 말게 하시고
고문대 위에서 내 사랑하는 이들을
배신하지 않게 하시고
가난과 고난과 비난 가운데
꿋꿋이 나의 길을 가게 하시고
내 생의 최후의 마침표로
약속을 지키게 하소서

살아남은 나는
세 번째 스무 살,
회갑에 다시 쓴다

하던 대로
해온 것을
끝날까지

# 장기와 인생

젊은 수도자들이 서양 장기를 두고 있었다
그런데 생각지도 않은 때에 불쑥
스승이 회당으로 들어서는 것이 아닌가

제자들은 무안해서 장기 두기를 그쳤다
스승은 부드러운 눈빛으로 고개를 끄덕이며
그래, 자네들 장기 두는 법을 아나?

첫째, 한꺼번에 말을 두 번씩 놀리지 못함
둘째, 앞으로만 가야지 뒤로는 가지 못함
셋째, 맨 윗줄에 가닿으면 어디로든 가도 좋음*

*마르틴 부버Martin Buber에게서 일부 따옴

# 정직한 시詩

시가 되지 않는 건
정직한 것이다

시가 되지 않는 건
배가 고프지 않아서이고
고독하지 않아서이고
여린 나무 같은 시의 지팡이 말고
붙들고 의지할 데가 많아서이다

시가 되지 않는 건
고마운 일이다

시가 되지 않는다면
차라리 침묵하라
대지에 떨어진 씨앗처럼
나직이 묻혀서
잉태의 침묵을 살아라

그러면 시적인 삶이
시를 낳아주리라

폭풍과 눈보라 길을 걸어온
뼈저린 진실의 말을,
나 자신의 삶에서 길어 올린
단 하나의 말을,
정직한 시를

# 나라가 망하는 길

군인이 나약하면 나라가 망한다
정치가 부패하면 나라가 망한다
언론이 거짓되면 나라가 망한다
지성이 교만하면 나라가 망한다
청년이 웅크리면 나라가 망한다
의인이 타락하면 나라가 망한다
희망이 고갈되면 나라가 망한다

# 그래도 복덕방

또 밀려났다
산마을 월셋집에서

해마다 심고 기른 이 고운 꽃들을 어쩌나
한 해 한 해 잘 자란 이 나무들을 어쩌나
하나하나 쌓아온 이 돌담은 어쩌나
쓸쓸한 걸음으로 또 월세를 찾아 나선다

한 달 만에 방을 구하고 나서,
좋은 복덕방 사장님 덕분에
좋은 집을 구했다고 감사를 전하자
아차, 사장님이 미간을 찌푸린다

아이 참 복덕방이라뇨
저 공인중개사인데요

그러네, 공인중개사네
이 보증금과 저 집이란 물건을
달아주고 공증해 주는 중개사네

아니지, 그래도 복덕방이지

나와 너는 그것으로 만나지만
그 덕분에, 서로 복되라고 이어주는
복덕방福德房이지 않은가


월세 30만 원짜리 중개에 얼마나 남는다고
한 달 내내 그 많은 산동네 길들과
골목과 집들을 굽이굽이 함께 다니며
그리 열성으로 괜찮은 집을 찾아준
당신의 마음씨는 다정한 사람 사이의
복덕방 사장님이 아니신가요


돌아보면 내 인생은
인덕 있는 그 사람들 덕분에
늘 복된 마음으로 살아왔으니


다시 깃든 이 산마을 셋집에서 부디
내가 심고 기르고 내가 쓰고 짓는
내 인생의 산물들이, 함께 사는 사람과
사람들의 마음을 서로 복되게 이어주는
다정한 희망의 복덕방이기를

# 살아서 돌아온 자

진실은 사과나무와 같아
진실이 무르익는 시간이 있다

눈보라와 불볕과 폭풍우를
다 뚫고 나온 강인한 진실만이
향기로운 사과알로 붉게 빛나니

그러니 다 맞아내라
눈을 뜨고 견뎌내라
고독하게 감내하라

거짓은 유통기한이 있다
음해와 비난은 한 철이다
절정에 달한 악은 실체를 드러낸다

세상의 모든 악이 총동원되었어도
끝까지 죽지 않고 살아 돌아온 자는
그 존재만으로 저들의 공포인 것을

진실은 사과나무와 같아
진실한 사람의 상처 난 걸음마다

붉은 사과알이 향기롭게 익어오느니

진실은 진실로 고귀한 것이어서
진실은 결국 스스로 빛나고
진실한 자만이 진실을 알아보느니

자, 이제 진실의 시간이다

# 바보의 대답

이젠 좀 재밌게 즐기며 살지 그래

나는 그저 말없이 웃었다
놀이에 몰입한 아이는 재미마저 잊는다고
정말 재밌게 사는 사람은 재미를 찾지 않는다고
즐거움은 그 자체로 추구하는 것이 아니라
목적을 살아내는 길에 뒤따르는 부산물이라고

꽃씨를 아무리 파 보아도 꽃이 없듯
즐거움은 자신을 살아가는 순간 속에
돌아보면 절로 피어있는 것이라고

그래서 지금 행복하십니까

나는 또 말없이 웃는다
지금 완전히 나를 살아내 버리느라
나의 행복에 대해 관심 가져본 적 없다고
그래서 어떤 처지에서도
내가 불행하다고 느껴본 적 없다고

그저 제대로 울고 제대로 웃고

하루하루 더 나아진 내가 되길 바랄 뿐이라고,

진정 행복했는가는

마지막 순간에만 답할 수 있는 거라고

# 마음의 기척

흙마당
잡초를 뽑듯
말을 솎는다

가을 길
낙엽을 쓸듯
상념을 쓴다

정원에
꽃을 가꾸듯
고독을 가꾼다

흰 서리
아침 마당에
시린 국화 향기

첫눈이 오려나
그대가 오려나
마음의 기척

## 설마, 그럴 리가

내가 아는
세상에서 가장 무서운 말은
천리마도 적토마도 아니다

설마이다
'설마 그럴 리가'
그 설마가 사람 잡는다

저 가이없는 우주의 진실도
사람 몸 안의 극미한 신비도
너무 크고 너무 깊은 것들은
인간 그 자신에게 보이지 않는다

사람은 자기 자신의 감각과 경험에,
자기 시대의 건전한 상식과 과학과
다수의 확실성에 사로잡혀 있기에

거기서 벗어나는 순간
이제까지 쌓아온 자신의 지성과
권위와 관계와 신망이 부정되고
한순간 이상한 사람으로 치부되고

고립되는 듯한 공포에 휩싸이니

그리하여 세계의 근본 비밀과
거대한 악의 실체를 접할 때면
설마, 설마에 잡아 먹힌다

설마, 어떻게 그 엄청난 진실을,
그렇게 수많은 전문가와 사람들을,
그렇게 긴 시간 동안 속일 수 있겠니
아무리 그래도 인류 전체를 상대로
그토록 가공할 사악한 짓을 하겠니
설마 그럴 리가, 그건 음모론이지!

그러나 다 알지 않는가
음모론Conspiracy Theory이란 말은
냉전 시대에 CIA미국 중앙정보국가
일급의 전문가들과 유포시킨
정교한 심리공작 용어임을

그러니, 모든 확실성의 권력에
물음과 탐색을 멈추지 마라

안전한 다수결 여론과 자유 언론과

전문가 권력과 진영에 사로잡혀
설마, 설마에 잡아먹히지 마라

우리 삶의 결정적인 것들을 망치고
조종하고 은폐하는 숨은 적의 실체를
그대 맑은 눈동자로 직시하라

오늘의 상식과 오늘의 합리를 넘어서라
오늘의 상식은 어제의 혁명이었으니
새로운 혁명으로 오늘의 상식을 드높여라

세계의 어느 한 모퉁이에서 누군가
또 경악할 진실을 전언해오는구나
나는 설마, 설마 그럴 리가 밀쳐내며
설마에 잡아먹히려는 순간,
진실의 벼랑 끝에서 번쩍, 깨어난다

# 더없이

진리에 대해서는 더없이 냉철하게
사람에 대해서는 더없이 사려깊게
자연에 대해서는 더없이 겸허하게

탐욕에 대해서는 더없이 엄정하게
불의에 대해서는 더없이 용기있게
저항에 대해서는 더없이 지혜롭게

# 넌 아주 특별한 아이란다

넌 아주 특별한 아이란다
자신감을 가져라, 기죽지 마라,
네가 잘하고 좋아하는 걸 해라

자라면서 나는 이런 말을
단 한 번도 들어본 적 없다
남보다 내가 잘난 것도
마땅히 못난 것도 없고
자신에 대한 특별난 생각도 없이
동무들과 벌거숭이로 뒹굴며 자랐다

가난하고 힘든 날은
그저 언 살 터지며 겨울을 나듯
참아내고 견뎌내고 지켜내고
서로의 언 손을 호호 불어주며
봄을 기다리면 되는 것이었다

대신 아버지 없이 홀로 키우신
어머님의 엄정한 회초리와 함께
눈물 섞인 이런 말을 새겨왔다

너에게는 하늘 같은 맑은 눈빛과
햇살 같은 다정한 마음이 있단다
너에겐 사랑을 주고 사랑을 받을
좋은 사람들이 기다리고 있단다

아무도 널 보아주지 않는 듯한
그런 싸늘한 마음이 드는 날에도
하늘은 하나도 빠뜨리지 않고
널 지켜보고 계시단다

힘들고 억울하고 원망이 생길 때마다
고귀한 뜻을 품은 깨끗한 마음으로
기도하고 기도하거라
네 마음만은 누구도 어찌하지 못한단다

나는 울 엄니가 특별난 엄마이길 바란 적이 없듯
울 엄니도 내게 특별난 자식이길 바란 적이 없다

그렇게 나는
남보다 특별나겠다는 생각도 없이
남보다 잘나보겠다는 생각도 없이
그저 비할 데 없는 나 자신을 살아가며
사랑의 상처 난 마음으로 여기까지 왔다

# 나는 다만 나 자신을

갈수록 불안한 변화와
속도 빠른 유행의 세계
한가운데서

미칠 듯한 자기 홍보와
끝이 없는 비교 경쟁의
한가운데서

나는 다만 나 자신을

정돈하고
정숙하고
정연하고

나는 다만 치열하게

진정한 나 자신을 살아내고
내가 꼭 해야 할 일을 해 나가고
하루하루 더 나아진 내가 될 뿐

나는 다만 나 자신을

# 동행자

가도 가도 막막한 사막 길
다음 마을까지는 낙타를 타고 또 사흘
불타는 사막을 건너야 한다

흙벽돌 카페에서
사람들은 탈진한 나를 걱정스레 바라보는데
어르신 한 분이 손에 굴리던 묵주를 멈추더니
마을 청년들을 불러 뭔가를 이른다

한참 뒤 카페로 들어서는 젊은 남녀들
마을에서 용맹하기로 이름난 청년 두 명과
건강하고 요리 솜씨 뛰어난 여인 두 명과
낙타 몰이꾼이 사막 길을 함께 건너주신단다

어르신은 진한 커피를 따라주며 말씀하신다

선하고 의롭게 살아온 이에겐
세상 끝에서도 친구가 기다린다네
좋은 동행자가 함께하면
그 어떤 길도 멀지 않은 법이라네

# 상처를 남겨두라

거울 앞에 서면 먼저 상처가 눈에 띈다
고문으로 상한 콧등과 급히 꿰맨 오른손
여기저기 독재 시대가 몸에 남긴 상처들

간단한 수술로 고칠 수 있다며 지인들이 치료를 권하고
험한 시절을 겪으며 무의식에도 상처가 남았을 테니
심리 치료를 해주겠다고 선의의 전문가들이 찾아온다

나는 생각하고 또 생각해 본다
많은 결함과 인간적 한계를 지닌 존재지만
그럼에도 난 미치거나 자살하지 않았고
원한과 증오에 잡아먹히지도 않았고
내 상처를 내세우거나 떠넘기지도 않고
제대로 울고 제대로 웃고 나의 길을 가고 있다

상처는 단지 흉터가 아니다
내 인생의 흔적이고 삶의 무늬이다
나의 불운 나의 오류 나의 약점 나의 죄마저
그것이 있음으로 지금의 내가 있는 것이고
그 상처가 나를 구성하고 생성하고 있다

하여 나는 숨 쉴 때마다 힘이 드는
부러진 콧등의 불편함을 견디며 기억하련다
이 오랜 상처와 매일의 고통들이
무엇을 싹 틔우고 무엇을 비춰주고
무엇을 낳아 갈지는 신비의 영역이다

그러니 제발 상처를 남겨두라
모든 인간을 환자로 만드는 섣부른 짓을 그만두라
그 사건과 경험의 기억자로, 각자 감당할 몫으로,
자기만의 상처를 제발 남겨두라

상처를 눈감지도 말고 감추지도 말고
상처로 겁주거나 애써 후벼 파지도 말고
세월과 성숙 속에 좀 내비두라

사람에겐 견디는 힘과 승화의 힘이
자연히 자신 안에 내재되어 있으니
스스로 치유할 여지를 남겨두라
인간의 신비를 신비로 남겨두라
하늘이 낸 목숨, 하늘이 보살피게
하늘의 몫을 좀 남겨두라

상처받는 순간이야말로

마음이 열려 있는 순간이지 않은가
마음을 열지 않는다면 가슴 아프지도 않다
사랑은 기꺼이 상처를 입는 것
사랑하지 않는다면 상처받지도 않는다
상처 하나 없는 그는 타인들을 상처 낼뿐,
내가 상처받은 지점이야말로
위대한 힘이 깃든 빛의 장소일 수 있으니

상처 위에 새로운 상처가 와도
상처받으면서도 사랑하기를 포기하지 않기를
상처 속에서도 선한 걸음을 멈추지 말기를
사랑하고 다시 사랑하기를

# 돌려라 힘

힘내자
어떻게

한번 빼요 힘
한번 버려 힘

힘들게 붙잡고 있는 걸
한번 놓으면 돼

힘은 내는 것이 아니라
돌리는 것

있는 힘을 제대로
돌리는 것

돌려라 힘!

한번 놓아
그리고 힘내

# 봄불

얼마나 떨었기에
연두 싹이 솟구치나

얼마나 밟혔기에
붉은 불로 타오르나

얼마나 참았기에
초록 잎이 펄럭이나

앞서거니 뒤서거니
힘내라 어깨 걸고

봄산에 연두 싹
봄길에 초록 잎
가슴에 붉은 꽃

# 선물은 신중히

이탈리아 피렌체에서요
잘 어울릴 것 같아서요

침향 내음 조금
시가 여운 조금
야한 향기 조금요

그녀가 수줍게 건네준 비누로
몸을 씻는다

잠자리에 누우니 묘하다
야한 향기 조금이라더니
사향 내음이 뭉글 풍기는데
어쩌라고, 나쁜 여자

꿈에 푸른 숲과
햇살 가득한 풀꽃 초원과
보드라운 녹색 이끼 위에
벌거벗은 몸으로 뒹굴며
사슴과 노루를 쫓다가
깨어난 아침

몸에서는 여태 묘한 향이 풍기고
거울 속엔 얼굴 붉어진 은발의 소년이
부끄러워 미소 짓다가
선물은 신중해야지, 나쁜 여자

너, 대책 없이 야한 비누야
외로운 밤마다 마구마구 써 줄 테다

# 나눔의 신비

촛불 하나가 다른 초에 불을 붙여준다고
그 불빛이 사그라지는 건 아니다

꽃들이 벌들에게 꿀을 내어준다고
그 꽃이 시들어가는 건 아니다

내 미소를 너의 입가에 전해준다고
내 기쁨이 줄어드는 건 아니다

자신의 것을 내어주지 않는 사람은
누구에게도 사랑받을 여백이 없다

나눌수록 커져가는 사랑은 신비다
사랑만큼 커져가는 나눔은 신비다

# 수위水位를 바라본다

노동산 자락에 자리 잡은 우리 동네
마당가에 서면 저수지가 보이고
그 아래 층층의 다락논이 보이고
긴 방죽 너머 갯벌 바다가 펼쳐져 있었다

가뭄이 오고 논밭이 갈라질 때면
저수지 바닥까지 내려가는 수위를 보며
다들 애가 타고 어린 나도 속이 탔다

그러다 장마가 지고 수위가 넘실대면
빗속에서 둑을 메우고 방죽을 막는
어른들 틈에서 나 또한 속이 울렁이고
터질 듯 거대한 수위에 전율하곤 했다

수위水位
물의 크기, 물의 높이, 물의 눈금

수위가 바닥나거나 범람할 때는
자연의 무시무시한 눈금이었지만
수위가 알맞을 때면 풍요와 감사의
노래가 울리는 오선지였으니

오늘 나는
우리 시대의 수위를 바라본다

불만과 불신의 수위
불안과 우울의 수위
탐욕과 무례의 수위
분노와 혐오의 수위

우리들 영혼의 수위는 어찌 되었는가
우리들 양심의 수위는 어찌 되었는가
우리들 고귀함과 아름다움의 수위는,
우리들 희망의 수위는 어찌 되었는가

나는 다시 속이 탄다
바닥이 갈라지는 고갈의 수위가

나는 지금 전율한다
정점에 도달하는 범람의 수위가

# 추억은 뜰채와 같아서

추억은 뜰채와 같아서
흐르는 물처럼 생생한 시간은
틈 사이로 빠져나가 버려서
없네, 남은 것은

습관이 된 슬픔의 굳은 발뒤꿈치
길을 가다 돌부리를 밟으면
휘청, 갈라져 피가 비치는
갈라진 시간의 발뒤꿈치 같은

## 취한 밤의 독백

그날 밤이었다
우주에 어느 별이 입맞춤한 지 열 달
지구가 몸을 틀어 다시 한 바퀴 돌아올 때
초저녁 태양은 얼어 있었고
함박눈이 내리는 날 나는 태어났다

멀리 마지막 기차가 울고 간 저녁에
집 떠난 아버지는 돌아오지 않았고
월세는 몇 달을 더 밀렸다 하고
신부도 수녀도 없는 시골 공소에서
피 흘리는 예수를 만났다

일곱 살 때 아버지를 태운 상여를 따라
울음 섞인 이별의 노래를 배웠고
철야 공장과 야간 학교와 군대 초소와
최루가스와 돌멩이와 화염병의 거리와
반지하 자취방에서 시를 썼다
부당 해고와 혁명 조직과 수배 길과
고문장과 감옥 독방을 무기수로 떠돌았다

어쩌다 드문 승리의 축배는

마땅히 나의 것이 아니었다
빈손에 쨍, 하고 떨치는 잔
면전에 꽝, 하고 닫히는 문
내 운명에 나는 웃어주었다

가난하고 힘없는 사람들을 사랑했고
시와 여인, 아침 꽃과 가을 산, 아이들과 명예,
음악과 아름다움, 시린 바람과 담배 연기,
검푸른 밤의 고요와 총총히 빛나는 별들,
혁명가와 사막의 은수자를 좋아했다
그밖에는 아무것도 사랑하지 않았다

저주받은 시인이고
실패한 혁명가이며
추방당한 유랑자로
오늘도 멀고 높은 길들을 떠돌고 있지만,
침묵 속에 아득히 잊힌 지 오래지만,
누구도 나를 가련히 여기지 말라

나는 시퍼렇게 늙었고
아직 죽지 않고 살아있고
나의 혁명은 끝나지 않았으니

# 어쩌면 좋습니까

가면 갈수록
그리워지는 것을
어쩌면 좋습니까

계절의 바람이
무성한 푸른 잎들을 떨궈가듯
수많은 그리움을 떨쳐낼수록
오직 하나의 그리움만 깊어가는데
어쩌면 좋습니까

해가 짧아지고 별이 길어지고
하루하루 남은 날이 줄어들수록
빈 가지에 별이 떠오르듯
갈수록 커가는 이 그리움을
어쩌면 좋습니까

겨울나무 언 가지에 우는
북서풍의 차가운 의지처럼
온몸으로 호명呼名하는 이 그리움을
어쩌면 좋습니까

# 여자 문제라니

마침내 권력은 여자에게 넘어갔다
지금 시대의 전위인 젊은 여자에게
마땅하고 좋은 일이다

미투 바람이 세계를 휩쓰는데
'여자 문제 괜찮나요'
안다 하는 이들이 물어온다
걱정인지 기대인지

난 이 무례함과 불쾌함을 받아 들고
생각에 잠겨 길을 걷는다

왜 여자에 '문제'가 붙는 거지
문제의 여자와 문제의 남자가 있고
해害가 된 문제의 남녀관계가 있을 뿐

남자인 나한테 여자는
인간계의 여신女神인데

남자가 여자를 경계하고 피한다고
원만한 인생이 되는 게 아니다

오히려 좋은 여자에게 둘러싸이라


그러려면 먼저 좋은 사람이 되고
정말로 사랑하고, 사랑받을 만한
떨림을 품은 멋진 남자로 살아가라


좋은 여자를 향해 마주 걸어가고
서로를 알아보고, 경외하고, 자유하며,
헌신의 아름다움으로 서로를 빛내라


나는 고독한 만큼 강렬한 남자로
이리 치열한 만큼 그리운 남자로
여자에 대한 관심과 열정을 갖고 산다


남자인 내가, 여자가 없이 무엇으로
인간의 신비와 생의 경이를 느끼며
이토록 떨림으로 살아갈 수 있단 말인가


오늘도 나를 시퍼렇게 살아있게 하고
영원한 혁명가로 거듭 새롭게 실패할 것을
유혹하고 선동하는 그녀가 없다면


그리하여 나에게 단 하나 소망은

자신의 순정한 눈물을 바쳐줄 그녀와
함께 앞을 보며 걷다가 쓰러져 가는 것

사랑이 영원할 순 없을지라도
그대를 사랑하는 오늘만큼은
내 생의 모든 걸 다 내주고
내 목숨을 바쳐왔으니

오늘도 나는 좋은 여자에게 감싸여
더 좋은 사람으로 더 멋진 남자로
더 나은 내가 되어가기를 소망하느니

# 생각의 힘

생각이 있는 자는 어찌할 수 없다

생각으로부터 인간의 길이 열리고
생각을 일으켜 모든 것이 시작되고
생각의 높이에서 그 존엄이 빛나기에

생각하지 않는 자, 생각 없이 사는 자에게는
그를 유혹하고 무릎 꿇릴 악마조차 필요 없다
다들 사는 대로 휩쓸려가는 길에 던져져
이미 자신이 누구인지도 모르기에

어떤 경우에도 생각을 포기하지 않는 자,
성찰하고 가슴 치고 울며 다시 가는 자,
생각의 힘을 가진 자는 어찌할 수 없다
생각한 대로 사는 자는 어찌할 수 없다

아, 생각이 있는 자는 어찌할 수 없다

# 젊은 날엔 남겨두라

젊은 날
하고 싶은 게 너무 많아서
할 수 있는 게 너무 없어서
눈물이었다

그랬다 내 젊음은
회한도 있었지만, 좋았다
남겨둔 것이 너무 많아서
갈수록 해낼 것이 많아서

젊어서 뭐든 다 해보라지만
채워도 채워도 다 채울 수 없고
더해도 더해도 다 해볼 수 없는
인생이고 삶이어서

난 모든 좋음이 파생되어 나오는
단 하나만을 찾고자 몸부림쳤고
단 하나에만 전념하고 헌신했다

열다섯에 사라질 것처럼
스무 살에 죽을 것처럼

그것밖에 몰랐다
그것만을 살았다

나에게 남은 건
내 살아온 역사와
애틋한 그리움과
많은 것이 남겨진 이 풍요

좋은 것들은 다 내 앞에 있다
남겨둔 생의 선물들이
위대한 생의 소재들이
오래 품어온 가능성과 희망들이

그러니 남겨두라
좋은 것들은 남겨두라
여백처럼 남겨두라
젊은 날엔 남겨두라

# 매듭을 묶으며

짐 보따리는 단단히 묶어라
매듭은 너무 꽉 묶지 말아라
풀 때를 생각해 날캉히 묶어라

사람살이가 그런 거다

다신 안 볼 것처럼
인연 줄 모질게 자르지 마라
언제 어디서 마주할지 누가 알 것이냐

인생살이가 그런 거다

그때그때야 일이 목숨 같다지만
지나고 나면 일은 끝이 없는 일들이고
결국은 사람, 사람과 사랑만 남는 것이니

# 내 뒤에는 백두대간이 있다

나는 백두대간의 아이
내 등 뒤에는
누구도 어쩌지 못하는
장대한 산맥이 있다

산이 주는 푸른 숨과
물과 생기를 마시고
산이 길러 보낸 나무와 꽃과
나물과 버섯과 꿀과 약초와
들녘의 가을이 주는 밥과
빵과 과일을 먹고 산다

백두대간이 없는 이 나라,
한겨레의 역사와 해맑은 정신문화와
단아한 아름다움과 곧고 푸른 믿음과
사계절을 상상할 수 있을까

네 등 뒤에는 백두대간이
너를 감싸 안고 묵연히
너를 지켜주고 있다

네 등 뒤에는 산 같은 선조와
앞서간 의인과 선한 영들이
너를 가호하고 있다

동해에 아침 해가 뜨고
희푸른 산능선이 깨어날 때
고난을 박차고 일어선
불굴의 인간 정신이 있다

나는 백두대간의 아이
내 등 뒤에는 백두대간이 있다

# 지구가 그랬다

지구를 살리자
하나같이 소리치자
지구가 그랬다


너희 동네를 잘 살려


기후를 지키자
너나없이 소리치자
기후가 그랬다


너희 생활을 잘 지켜


너의 욕망을
너의 소비를
너 자신을 잘 지켜

# 나는 꽃도둑이다

살면서 남의 것 훔치고 빼앗고
남을 밟고 올라선 적 없는 나는
세 가지 도둑질로 살아왔다

민초들의 말씀 도둑질
독자들의 눈물 도둑질
계절마다 들꽃 도둑질

나는 아침마다 산책 길에
꽃을 모시는 꽃도둑

아는 집을 방문해서도
어느 마을 길을 가다가도
내가 찾던 그 꽃 그 나무만 보면
그만 넋을 잃고 설레어서
땅바닥에 엎드려 사진에 담고
눈으로 입맞추고 향기를 마신다

나는 왜 이리 꽃을 좋아할까
누구 하나 온 적 없는 내 작은 방
한 줌 햇살 창가에, 잠자리 머리맡에,

테라스 책상 앞에, 작은 식탁 위에
갓 핀 야생화나 들꽃을 놓아두고
한겨울엔 푸른 가지라도 꽂아두고,
내 노트와 자주 보는 책갈피엔
철마다 끼워둔 마른 풀꽃들이
빛바랜 사진첩인 듯 놓여 있다

전라도 고향 땅에서 뿌리 뽑혀
도심의 시멘트 바닥과 공장 기름 바닥과
최루탄 가스 자욱한 군홧발들의 거리와
햇볕 한 줌 들지 않는 감옥 독방과
폭음 울리는 전쟁터의 길을 걸으며
불덩이 같은 마음은 늘 가슴이 시려서
나는 꽃도둑이라는 이 오래된
불치병을 갖게 된 걸까

오늘도 야산 언덕을 거닐다
보아주는 이 없는 눈부신 하늘매발톱 앞에
나직이 허리를 숙이고서 한 포기를 모셔와
이렇게 정원 틈에 심어 가는 나는
다시 두 손에 붉은 포승줄이 묶여
유배당해도 싸다고 생각하느니
나는 산골 독방으로 집행 유예된

고독한 꽃도둑, 영원한 꽃도둑이니


이 야생의 꽃들처럼 나를 다 바치고
어느 날 시든 꽃처럼 나 사라질지라도
내 사랑을 여기 심어두고 갈 테니
계절이 흐르는 길에서 피고 지는
그 꽃들과 키 큰 나무 사이를 걸으며
죽은 시인의 정원에서 한번 웃어주시길

## 정면으로 바라볼 때

태양을 똑바로 쳐다보면
눈이 멀 것이다

태양처럼 눈부신 것을
비껴서 바라보라

죽음을 똑바로 쳐다보지 않으면
눈이 멀 것이다

죽음처럼 두려운 것을
정면으로 바라보라

죽음을 정면으로 바라볼 때
삶의 진실을 마주할 것이다

삶을 정면으로 바라볼 때
죽음을 넘어 영원을 보게 될 것이다

성상聖像*

옛 소련에서였다
정부 기관의 예술사가들이
가난한 농민 여성의 오두막에서
아주 귀중한 성상 하나를 발견했다
예수가 십자가에 못 박혀 피 흘리는
그 성상 그림은 믿기지 않을 정도로
아름답고 소박하고 성스러웠다

하루 일을 마치고 난 농민들과 아이들이
그녀의 어둑한 농가 벽에 걸려 있는
성상 앞에 모여 조용히 기도하고 찬송하고
서로 포옹한 뒤 빵을 나누고 있었다

예술사가들은 그 성상을 징발하려고
그녀를 설득하기 시작했다
웅장한 소비에트 미술관에 전시된
이 아름다운 그림을 수많은 사람들이
관람하는 장면을 상상해 보라고,
거기 당신 이름을 새겨 넣고
큰 보상도 해주겠노라고,
하지만 농민 여성과 마을 사람들은

완강히 거부하는 것이었다

그녀가 대답하길,
이 성상은 보는 것이 아니라 기도하는 대상이라고
성당도 사제도 없는 마을에서 이 성화가 성소라고
전쟁과 기근 때도 여기 모여 모두를 위해 기도했다고
이 성상은 수많은 사람들의 시선이 아니라
가난한 마음이 사무치는 대상이라고
그러니 이 성상은 미술관과는 상관없는 것이고
돈과 자기 이름과는 더더욱 상관없는 일이라고

*성상聖像. 성스러운 대상을 그린 그림. 소비에트 예술사가들의 보고서에
기록된 일화로『이반 일리히의 유언』에서 일부 따옴

## 너의 때가 온다

너는 작은 솔씨 하나지만
네 안에는 아름드리 금강송이 들어있다

너는 작은 도토리알이지만
네 안에는 우람한 참나무가 들어있다

너는 작은 보리 한 줌이지만
네 안에는 푸른 보리밭이 숨 쉬고 있다

너는 지금 작지만
너는 이미 크다

너는 지금 모르지만
너의 때가 오고 있다

# 미래로 추방된 자

겪어선 안 될 일들을 겪었죠
만나선 안 될 이들을 만났죠
있어선 안 될 자리에 있었죠
어울리지 않는 나이에 난
너무 빨리 보내져 버렸죠

어떤 목소리는 나의 잘못이라 하고
다른 목소리는 괜찮다고 하고
그 목소리들마저 흩어져 버렸죠

인간에게 두려운 건 죽음이라지만
인생에서 가장 두렵고 비참한 것은
자기의 땅에서 추방되고 잊혀지는 것이죠

스물일곱 살에 『노동의 새벽』을 쓰고
'얼굴 없는 시인'으로 쫓기다 붙잡혀
"이 사람을 사회로부터 영구히
격리시키고자 사형을 구형한다"던
내 나이 서른일곱 살의 그날,
법정에는 울음과 고함이 퍼졌으나
난 환하게 웃었어요

가장 소중한 젊음을 어려운 시대의
내 조국에 바칠 수 있어 감사하다고
이만하면 좋은 삶이고 죽음이라고
난 한 번 웃었어요

무기수 독방에 갇혀 난 알았지요
세상에서 가장 두렵고 비참한 생인
추방되고 잊혀지는 어둠 속에는
비밀한 빛의 통로가 있다는 것을요

그들은 나를 추방했으나
미래의 땅으로 보낸 줄은 몰랐을 거예요
그들은 나를 파묻었으나
미래의 가슴에 묻은 줄은 몰랐을 거예요

어둠 속에 묻혀 있던 나는
아스라한 네 눈빛에 일으켜져
다시, 빛으로 이끌어 내어졌어요*

30년 후의 그날, 아니면
300년 후의 그날에


*아르킬로코스Archilochus에게서 일부 따옴

악에 대한 감각

# 자유는 강력한 사로잡힘

자유,
자유가 아니면
나는 죽음이다

자유는
얽매인 데 하나 없는
걸림 없음이 아니다

자유는
강력한 사로잡힘,
모든 것들에 얽매이지 않고
그 모든 것들의 최종 목적인
단 하나에 뿌리박음이다

사람은 나무와 같아
속박으로는 자랄 수 없는 것
그러나 나무는 안다
뿌리가 땅의 속박을 벗어나는 건
자유가 아닌 죽음이라는 걸

자유,

그 무엇으로부터도
자유로이 살고 죽기 위해
내 인생은
단 하나에 사로잡혔다

빛에 새긴 사랑에
사랑의 혁명에
저 영원의 빛에

# 알리의 한 마디

나의 소년 시절에 전설의 복서가 있었지
가난과 차별의 세계에 주먹을 날리던
검은 챔피언 무하마드 알리의
나비처럼 날아서 벌처럼 쏘는 한 마디

50대에 20대와 똑같이 세상을 보는 사람은
삶의 30년을 내버린 셈이다

그렇지 않은가

20대에 50대와 똑같이 삶을 대하는 사람은
삶의 30년을 벌써 내버린 셈이다

# 안에서 들리는 소리

어린 날 흙담에 기대앉아 울다가
내 울음소리가 안에서 들리는 걸 알아챘다
그 메아리가 무서워서 그만 울음을 삼켰다

어느 날부터 내 말소리가 몸 안쪽에서 울려왔다
말을 하다가 나는 자꾸만 안으로 귀를 기울인다
말 저 안의 떨림과 빛과 울림을 따라 걸어 나온다

그 음정音情 그 음색音色 그 음경音景을 느끼며
내 말소리의 길들을 가만가만 따라 들어가면
누군가의 한숨과 울음과 비밀한 속삭임이 흐르고
소스라쳐 돌아 나오면 나는 말없이 침잠하곤 한다

말을 많이 하고 돌아오는 날은 왠지
잘못 산 하루처럼 공허하고 쓸쓸하여서
내 음성音聲 안의 길들을 서성이다가
나는 그만 속으로 울고 말았지

내가 왜 갈수록 말이 가물어지는지
왜 너의 말을 안으로 기울여 듣는지
내 목소리에 깊은 심정들이 떨려오는지

진실로 깨끗하고 간절한 말은
희미한 여명의 길과 말의 풍경을 따라
내 안에서 빛과 떨림으로 울려오는지

# 옥수수처럼 자랐으면 좋겠다

봄비를 맞으며 옥수수를 심었다
알을 품은 비둘기랑 꿩들이 반쯤은 파먹고
그래도 옥수수 여린 싹은 보란 듯이 돋았다

6월의 태양과 비를 먹은 옥수수가
돌아서면 자라더니 7월이 되자 어머나,
내 키보다 훌쩍 커지며 알이 굵어진다

때를 만난 옥수수처럼 무서운 건 없어라

옥수수처럼 자랐으면 좋겠다
네 맑은 눈빛도 좋은 생각도
애타고 땀 흘리고 몸부림쳐온 일들도

옥수수처럼 자랐으면 좋겠다
시련과 응축의 날들을 걸어온
작고 깊고 높고 단단한 꿈들도

때를 만난 사람보다 강력한 것은 없으니

옥수수처럼 자랐으면 좋겠다

네 눈물도 희망도 간절한 사랑도

옥수수처럼 자랐으면 좋겠다

# 시대의 폭풍이 자신의 내면을

시대의 폭풍이
자신의 내면을 휩쓸고 갈 때

거기 비로소 사랑의 무늬가
역력히 새겨져 간다

시대의 악이
자신의 심신을 할퀴고 갈 때

거기 비로소 선의 경륜이
선연히 새겨져 간다

사랑은 그렇게 깊어간다
영혼은 그렇게 빛이 된다

# 탁, 둥근 알이 깨질 때

난 알에서 깨어났지
우주의 검은 알에서
태양의 붉은 알에서
지구의 푸른 알에서
둥글게 돌아 나와
나 여기 서 있지

어느 아침, 둥근 달걀을 깨서
내 입에 가져갈 때
그 생명이 탁, 깨져 나갈 때

이 알은 병 들었어
알 속에 독이 있어
칸칸이 철망에 갇혀
산란 기계로 길러진 몸체가,
탐욕을 먹이고 뿌리는
이 체제가, 욕망이, 감각이,
치명적으로 병들었어

이런 진보가 아니었어
이런 미래가 아니었어

따뜻하고 둥근 알이 탁,
깨져가는 지구 같아

치맥 축제 사이로
질주하는 택배 바퀴 사이로
칸칸이 방과 방들 사이로
푸른 지구 위를
위태하게 굴러가는
야생의 흰 알 하나
깨끗한 흰 알 하나

아 따뜻한 흰 알 같은
둥근 희망 둥근 사랑
둥근 미래를 낳을 때까지
나는 저 생명들처럼
철창에 갇힌 무기수

# 악에 대한 감각

안목이 둔감한 자는
값비싼 것과 고귀한 것을
가려보지 못한다

내면의 소리에 멀어진 자는
유명한 노래와 심금의 음악을
가려듣지 못한다

야생의 감각이 마비된 자는
독이 차오르는 실내에서
신나게 웃으며 죽어간다

악에 대한 감각을 기울여야 한다
악은 달콤하고 친밀하고 잔혹하다
악은 영리하고 세련되고 앞서간다
악은 다수결이며 숨은 극소수다

악의 눈빛을 보았는가
심연을 뚫어보는 섬뜩한 눈빛을
악을 회피하고 외면하면 그 순간,
악의 신비는 내 안으로 파고든다

악을 정면으로 바라보라
나 또한 악과 연루된 시대이니
내 안에 스며든 악을 정성을 다해 다루어라*
악에 대한 감각을 길러라

악에 대한 감각이 곧 선에 대한 감각이니

*니체Friedrich Wilhelm Nietzsche에게서 일부 따옴

# 내 품속의 수첩에

내 품속의 수첩에
빛바랜 사진 한 장

떠난 지 오래되었는데
그녀가 내게서 눈을 떼지 않아

내 마음의 회랑에
오래된 초상화 하나

죽은 지 그렇게나 오래되었는데
그대는 내게서 눈을 떼지 않아

사랑은 눈을 떼지 않아
죽어서도 눈을 감지 않아

# 나무들이 걸어간다

단 몇십 년 만에
젊은 사람들이 도시로 몰려가고
압축 성장하고 폭발 소비한 만큼
기후가 변해간다

수천 수백 년을 제자리에 살아온
나무들이 북상하며 이주하고 있다
너무 느려서 눈치채지 못하지만
차츰차츰 언젠간 경악할 정도로

대구 사과는 이미 강원 사과로
커피나무도 라임나무도 올리브나무도
몰래몰래 국경을 넘듯 이주 중이다
지구 남반구의 가난한 나라 사람들만
이고 지고 이주하는 게 아니다
동물들도 나무들도 탈주 중이다

세상이 빨라지고 인간이 밀집하고
폐기물과 오염물과 쓰레기로
지구의 숨결이 뜨거워질수록
나무들은 어린 나무를 앞세우며

하나 둘 비밀스레 탈주한다

나무야 나의 나무야
믿음의 푸른 나무야
어쩌란 말이냐 난
갈수록 뜨거워지는 격차와
공평한 탐욕의 시대를

나도 나무를 따라 높은 쪽으로,
맑고 시린 고원으로 가야겠다
적은 소유로 기품 있게 사는
새로운 삶의 혁명의 진지로
나무처럼 걸어 올라가야겠다

# 좋은 것은 좋게 쓰라

모두가 부러워하는
세 가지가 있으니
미모
돈
인기


모두가 바라는 만큼 그것은
위대함과 위험함을 함께 갖고 있다


그 욕망에 중독되는 순간
집착한 만큼 비참하게 되고
탐닉한 만큼 황폐하게 되고
띄워진 만큼 추락하게 되니


모두가 바라는 것을 가진 이여
좋은 것을 낭비하지 마라
좋은 것을 축적하지 마라
좋은 것을 잘못 쓰지 마라


좋은 것들도 그 자체로는 무가치한 것
좋은 것은 좋게 써야 좋음이 살아난다

좋은 것이 너를 좋은 사람이 되게 하고
좋은 것이 좋은 세상에 보탬이 되게 하라

그것이 확 돌이켜 불운이 되기 전에, 어서

# 아픈 심장을 위하여

다른 곳은 상하면 안 되지만
우리, 심장은 다쳐도 좋다

난 심장이 아프지 않은 자와는
친구도 하지 않았고
심장이 아프지 않은 여자와는
사랑도 하지 않았다

시를 모르고, 혁명을 모르고,
꽃을 모르고, 신비를 모르고,
사랑을 모르는 자의 심장은
이미 시들어버린 심장이니

이 광막한 우주를 달리는
여기 고독한 지구 위에서
오늘같이 좋은 밤
좋은 사람들과 함께
우리 심장을 다쳐보자

자, 붉은 잔을 부딪치자
아픈 심장을 위하여!

# 나의 독자는 삼백 명이다

나의 독자는 삼백 명이다
세 명이면 너무 고독하고
삼십 명은 조금 외롭지만
삼백 명이면 충분하다

나는 나의 모든 것,
인생 전부를 걸고 쓴다
내게는 온 삶을 던져 넣어
시를 쓰는 것 말고는
다른 무기가 없기에

그리하여 나는
온몸으로 살아내고
온몸으로 사유하고
온몸으로 싸워가고
온몸으로 쓰고 있다

막막한 백지 위에서
나 홀로 못 박힌 채로
발끝에서 떨어지는 피,
피를 찍어 써 나간다

내가 두려운 것은
삼백 명의 진실한 독자이다
천만 명이 나를 예찬해도
삼백 명이 등을 돌리는 순간,
그 길로 나는 파멸이다

나의 독자는 삼백 명이다
진실한 독자는 삼백 명이다

# 박정희가 죽던 날

박정희가 죽던 날,
전방 초소에서 총을 들고 나는 울었다
군부독재에 맞서다 죽어간 동지들과
피 묻은 얼굴로 끌려가 짓밟히던
나의 날들이 뼛속까지 사무쳐서

군대에서 경계 근무를 서던 그 밤,
나는 화랑 담배에 불을 붙여놓고
'잘 가시오, 군부독재와 싸우는 건
나의 일이니, 이제 그대 잘 가시오'
치 떨리는 적의 죽음 앞에서
인간에 대한 나의 예의였다

그날 이후 40년 동안 나는
그들 적폐 세력과 투쟁해왔다
그때나 지금이나 나는 그랬다
따짐도 중하고 단죄도 중하지만
죽은 자에 대해서는 애도가 먼저라고
인간은, 인간의 도리가 먼저라고

정의가 없는 인간의 도리는 위선이나

인간의 도리가 없는 정의는 탈선이니
그 어떤 권리도 정의도 진보도
인간에 대한 예의와 도리가 없다면,
그 모든 것의 목적인 사랑이 없다면,
우리는 이겨도 지는 싸움이라고

아, 싸움이 싸움이 몹쓸 싸움이
다 사람으로 살자고 사랑으로 살자고
그런 세상이자고 해 나가는 것이니

인간의 도리를 잃어버린 권리는
갈수록 인간성의 폐허로 치달을 뿐이니
우리들 인간 자신이 무너져 내리면
미래의 모든 것이 무너지는 것이니

# 어린 짐승

또 밤이 온다
잠자리에 누우면
짐승이 온다

지하 밀실의 하얀 밤들 속에
사로잡힌 호랑이의 눈빛으로
물어뜯는 늑대들을 지켜본다

잠을 깨고 다시 잠이 들면
비로소 타박타박 아이가 온다
그 많은 세월이 흘렀어도
자라지도 낫지도 않는 아이가

어린 짐승이 되어
밀행하듯 조심조심 동굴을 나와
계곡에서 은하수를 마신다

또 밤이 오고
아이가 오고
어둠 속에서 눈물을 마신다

사냥꾼의 밤에 던져진 아이야
네가 더는 아니 왔으면 좋겠는데
그러면 산정 동굴 속에서 영원히
검은 밤의 안식을 맞이할 텐데

검은 야수가 온다
어린 짐승이 운다
눈물의 아이가 온다

# 동그란 길로 가다

누구도 산정에 오래 서 있을 수는 없다
누구도 골짜기에 오래 머물 수는 없다


삶은 최고와 최악의 순간들을 지나
유장한 능선을 오르내리며 가는 것


절정의 시간은 짧다
최악의 시간도 짧다


환희의 날들은 짧다
고난의 날들도 짧다


돌아보면
좋을 때도 순간이고
힘든 때도 순간인 것을


그러니 담대하라
어떤 경우에도 진실된 자신을 잃지 마라
어떤 경우에도 인간의 위엄을 잃지 마라


긴 호흡으로 보면

좋은 게 좋은 것이 아니고
나쁜 게 나쁜 것이 아닌 것을

삶은 동그란 길로 돌아 나오는 것을

# 뉴스 뒤에는 사람이 있다

펜은 총보다 강하다, 그렇다
펜은 총이 되어 누군가를 쏜다

진실을 살해하든가
불의를 명중하든가

총을 든 자는 단 둘이다
학살자냐
해방자냐

조명탄이 오르고
총알이 날아간다
누구를 맞추는가

단독, 특종, 뉴스 뒤에는
사람, 사람이 있다

# 저 하늘 어딘가에

산길을 걷다 보면
더는 낮아질 수 없는 작은 무덤들이
일손 바쁜 논밭을 내려다보고 있다

묘비 하나 없는 민초들
묵묵히 일하다 사라진 사람들
이름 없이 흙으로 돌아간 사람들

이들은 이대로 사라진 것이 아니라
죽어서도 저 하늘 어딘가에 허리 숙여
무언가를 심어가고 있는 것만 같다

이 땅에
사라지는 자리에
내 가슴에

# 해거리

그해 가을이 다숩게 익어가도
우리 집 감나무는 허전했다
집집마다 발갛게 익은 감들이
가지가 휘어질 듯 탐스러운데

학교에서 돌아온 허기진 나는
밭일하는 엄니를 찾아가 투정 부렸다
왜 우리 감나무만 감이 안 열린당가

응 해거리하는 중이란다
감나무도 산목숨이니께
작년에 뿌리가 너무 힘을 써 부러서
올해는 꽃도 열매도 피우지 않고
시방 뿌리 힘을 키우는 중이란다
해거리할 땐 위를 쳐다보지 말고
아래를 쳐다봐야 하는 법이란다

그해 가을이 다 가도록
나는 나무 아래 엎드려
땅속뿌리가 들으라고
나무야 심내라 나무야 심내라

땅심아 들어라 땅심아 들어라
배고픈 만큼 소리치곤 했다

어머니는 가을걷이를 마치신 후
감나무 밑둥에 볏짚을 덮어주며
성호를 그으셨다

꽃과 열매를 보려거든 먼저 허리 굽혀
땅심과 뿌리를 보살펴야 하는 거라며
정직한 비움으로 해거리를 잘 사는 게
다시 희망을 키우는 길이라며

# 삶이 불타고 있다

그 시대 젊은 우리는
프로메테우스가 되고자 했다
신으로부터 불을 훔쳐 와
춥고 가난한 지상의 인간에게 주는,
그리하여 쇠사슬에 묶여 날마다
적의 부리에 심장을 파먹혀가는,

어둠의 시대는 가고
불의 시대가 왔다

기술의 불과 권리의 불과
탐욕과 질시와 재미의 불이
인간의 감각을 불지르고
대지와 하늘을 불지르고
오래된 전승과 신성한 지혜와
자신의 영혼을 불지르고
삶 자체를 불지르도다

반신반인들의 불타는 지구여
더 많은 불을 바라는 시대여

어둠 속 동굴에 묶인 나는
녹슨 쇠사슬에 풀려나
불타는 세계를 걸었노라
그로부터 나는 다시
침묵의 설산으로 올라가
세계의 희망이 어떻게
살해되어 가는지를 보았노라
아무것도 할 수 없는 나는
산정에 앉아 홀로 울었노라

불타는 세계에는 남아있지 않은
누가 맑은 눈물을 흘려 불을 잡겠는가
누가 영혼의 불을 밝혀 불을 잡겠는가

삶이 불타고 있다
인간의 날이 불타고 있다
영혼이 차갑게 불타고 있다

# 신이 된 과학

신은 죽었다지 아니 신은 교체됐지
과학이 새로운 신으로 등극했지
첨단 과학이 인류의 구세주라지

그래도 이건 알아야지

오늘의 과학은 내일의 미신이지
오늘의 상식은 내일의 우매이지
오늘의 진보는 내일의 퇴폐이지

과학, 오늘의 신앙
내일, 미신인 권력

# 뱃속의 아이는 이미

서울역에서 시골 셋방으로 가는
기차표를 끊고 기다리다가
아차 바늘과 실을 사 가야지,
처음 들어가 본 대형마트는
어마어마한 거인의 뱃속 같았다

거기 한 여자가 망연히 서 있었다
출산을 앞둔 그녀의 카트에는
유기농 채소와 과일 몇 알과
종이 기저귀 한 통이 담겨 있었고
그녀는 진열대에 층층이 쌓여있는
캔과 페트병과 일회용품들을
아연한 표정으로 보고 있었다

나는 알아차렸다
잉태 중인 이 민감한 여인은
자신과 주변의 파괴를 목도해왔고
아이가 살아갈 대지를 내다보며
슬픔과 두려움에 떨고 있다는 걸

자신과 아이를 잇는 탯줄처럼

자연과 우주와 모든 이들이
서로 연결되어 있음을 느끼는
타고난 감각으로 떨고 있다는 걸

꿈틀, 그녀가 두 손으로
배를 감싸며 몸을 굽힐 때
아 나는 보고 말았다
태중의 아이가 감긴 눈을 번쩍 뜨고
머지않아 자신이 살아가야 할
경악할 지구의 미래를 바라보며
긴 비명을 지르고 있음을

# 지는 게 이기는 거란다

지는 게 이기는 거란다

꽃이 아름다운 건
지는 때가 있기 때문이란다

꽃이 지면 그 자리에
눈부신 열매가 익어간단다

그악스레 지지 않으려 하면
스스로 짓이겨질 뿐이란다

이제 져야 할 때이다
한번 비워야 할 때이다

나 기꺼이 떨어져
가없이 피어온 저 꽃들처럼

지는 꽃이 돋아 눈부신 결실을
그 열매가 묻혀 새로운 꽃들을

지는 게 이기는 거란다

# 시묘侍墓의 생

우리 할아버지는 서른 살에 아비를 여의고
무덤가 초막을 짓고 시묘살이 삼 년을 지냈다 한다
우리 어머니는 서른일곱에 남편을 앞서 보내고
마당가 초막을 짓고 그 영우靈宇에서 백 날을 지냈다

자식을 먼저 보낸 부모는 가슴에 묻는다는데
젊은 날 한평생 나가자던 벗들을 떠나보내고
나 또한 가슴에 무덤을 품고 산다
살아남은 나는, 시묘侍墓의 생이다

백만 촛불의 함성이 울리는 광화문광장에서
나는 지나간 불의 청춘을 떠올려 본다
철야 노동의 밤길과 어두운 수배 길을 걸어
푸른 수의에 싸인 내 젊음을, 실패한 혁명을

폭압의 시대가 씹다 끝내 삼키지 못하고 뱉어진
나는 살점을 다 뜯긴 채로 이리 남아있구나
세월과 시류의 파도는 무서운 아가리여서
격변의 시대가 좋은 사람들을 쓸어갔구나

내가 걸어왔던 지난 날의 기억이 일렁이고

아직 살아있는 어둠 속의 적들이 번득이고
역사의 강물이 고요히 내 몸을 타고 흐를 때
내 가슴 한켠의 무덤을 돌며 하나하나 호명한다

자유의 광장을 거니는 훤칠한 청춘들과
아장이는 아가 손을 잡고 걷는 부부와
거침없이 앞서가는 소녀들을 바라보다가
'참 보기 좋지, 단 하루 만이라도 다시 한번,
햇살 아래 이런 날을 걸어보고 싶지'

우리가 꼭 한번 살아보고 싶던 세상 가운데
우리가 꼭 한번 구가하고 싶던 청춘 사이에
너는 흰 뼈로 나는 흰머리로 남겨져 있는데
내 가슴속 그이들이 젖은 미소로 속삭인다
'인자 나 좀 내려놓고 살어'

하지만 나는 안다
너의 무덤은 나의 토대土臺
너를 딛고 오늘 나 여기 서 있다는 걸
그대가 내 가슴 깊은 곳에 누워 있어
이 빠르고 부박한 시대에 휩쓸리지 않고
나는 해야만 할 일을 할 수 있었다는 걸

내가 비틀거리며 주저앉을 때
나무를 흔드는 바람처럼
산길에 스치는 향기처럼
비정한 시대를 감싸는 온기처럼
돌아보면 거기에 너는 없는데
눈 감으면 미명 속에 나를 지켜보는데

그곳은 괜찮으냐고, 이젠 편히 지내느냐고,
우리가 피와 눈물로 이루고자 했던 일들을
그대 몫까지 몸부림치며 해 나가고 있다고,
한 번은 말할 수 있으면 좋겠는데

너는 나로 이어져 저 앞에서 걸어가는
아이들의 등 뒤를 받쳐주는 언덕이 되고
더는 퇴보하지 않을 산맥이 되어주자고,
나 그날의 그 약속을 지켜가고 있다고,
웃으며 말할 수 있으면 좋겠는데

좋았던 벗이여
나의 종신 시묘살이를 너무 걱정 마라
네가 어둠 속의 흰 뼈로 빛나듯
흰 서리 쓴 나는 끝내 나의 길을 갈 테니
너의 푸른 생을 품은 시묘의 생이기에

내 가슴은 언제까지나 푸르게 빛날 테니

운동회 끝난 텅 빈 운동장에 꼴찌로라도
절룩거리며 완주해 들어서는 아이처럼
내가 약속을 지키고 그리로 가는 그날
꽃다발 같은 미소로 한번 안아주시길
그때까지 부디 나를 포기하지 마시길
그날까지 그대 나를 저버리지 마시길

대가도 보상도 이름도 남김없이
내어주고 지켜주다 앞을 향해 쓰러져 간
잊힌 의인들을 가만가만 불러 본다

내 가슴속에 파내지 못한 너의 무덤
아직도 마치지 못한 내 시묘의 생

# 가시가 있다

오월이 오고 또 오월이 오고
향기 진한 들장미가 필 때면
나는 매번 피를 흘린다
푸른 가시에 손을 찔려

고귀한 것들에는 가시가 있다

아무리 타협하고 사는 세상이라 해도
이것만큼은 절대 굽힐 수 없어,
이것만큼은 절대 내줄 수 없어,
영혼의 가시를 단호히 두른 자

고귀한 사람에게는 가시가 있다

가시를 품어 고독한 자여
푸른 가시로 속 아픈 자여
피 흘린 것들만이 진실한 것이니
상처 난 사랑만이 생생한 것이니

핏빛으로 피어 오는

오월,
장미,
푸른 가시
붉은 사랑

# 다 큰 어른이

다 큰 어른이
나이를 먹을 만큼 먹은 어른이
배울 만큼 배우고 가질 만큼 가진 어른이
젊은이에게 말을 함부로 한다

지금 자신이 누구한테 말을 하는지
무슨 말을 하는지도 모르고 말할 때
이렇게 생각하기로 하자

그는 지금 인생이 허무한 것이다
이 한 생을 탕진한 것이 억울하고
삶이 배반스럽고 스스로 분한 것이다

그는 지금 세상을 향해
이렇게 절규하고 있는 것이다
그는 지금 젊은이에게
이렇게 애원하고 있는 것이다

내 말 좀 들어줘
나랑 좀 놀아줘
나를 좀 알아줘

그러면서도 '나 때는 말이야'
함부로 가르치려 들거나
젊은이에게 꼭 필요한 충고마저
지레 '꼰대 같은 소리지만 하하'
방어막을 치며 아부하거나

그러고도 자신이 가진 걸
잘 쓰지도 않고 내주지도 않고
과시나 하면서 나랑 놀아 달라고
감히 불공정 거래를 시도하다니

명심하라
젊은 날을 '애 늙은이'처럼 그렇게 살다간
너도 '늙은 애'가 되어 추태를 부릴 것이니

## 유랑자의 노래

지구는 여행길이네
인생은 여행이라네
하루에서 다른 하루로
미지의 길을 떠나는
우리 모두는 여행자라네

나에게는 집도 없네 안주할 곳도 없네
온 우주와 대지가 나의 집이라네
계절이 흐르는 바람의 길 위에서
두 어깨 위에 인생을 짊어지고
작은 천막에 잠시 쉬었다 떠나가네

인생에서 가장 확실한 것은
대지와 밤하늘의 별빛과
강인한 두 발과 뜨거운 심장,
내 아름다운 것들과
자라나는 아이들이라네

삶은 눈물로 춤추며 가는 것

그 무엇도 아닌 자유만을 열망하며

그 누구도 아닌 자신만을 살아가며
오, 어디에도 머무르지 말고
스스로 길이 되어 가라 하네

## 상처는 나의 것

그렇게 사나운 발톱이
내 가슴을 할퀴고 간 날
그래 그날이었지

몇 군데는 이를 악물고 직접 꿰맸지
그러고는 그냥 두었어 잔인하게
폭격 맞은 건물을 기념비로 삼듯이

움직일 때마다 살이 터지고
홀로일 때마다 피가 스미고
가끔 눈물도 흘렸을 거야

나를 바쳐 사랑했으니
상처는 나의 것이지
나를 던져 싸워왔으니
패배는 나의 것이지

그러나 용서할 순 없지
용서는 내 소관이 아니야
그건 역사와 하늘의 것이지

나는 다만
내 몫의 고통을 감내하고
내 앞의 치욕을 삼켜내고
나만의 상처를 승화시킬 뿐이지

이렇게 많은 시간이 흐르고
흰 서리 내린 머리칼처럼
기억은 조금씩 흐려진다 해도
점점 선명해지는 통증이 있어

나는 다시 사랑하니까
상처는 나의 것이지
나의 혁명은 계속되니까
패배는 나의 것이지

# 가을 나그네

지금쯤 물든 감 잎사귀 하나 둘 떨어지고
발간 등불 같은 감들이 허공에 환하겠다


지금쯤 가을볕에 남몰래 익어온 꽃씨들이
토옥 톡 터져 멀리멀리 굴러가겠다


지금쯤 장날 저녁이라 집들마다 밥상에 모여
골목길엔 생선 굽는 냄새가 흠흠하겠다


지금쯤 삭발머리 한 빈 들은 흰 서리를 쓴 채
허전하고 표표한 미소로 깊은숨을 쉬겠다


지금쯤 말갛게 핀 들국화도 소슬바람에 흔들리며
쌀쌀히 쌀쌀히 시린 향기 날리겠다


지금쯤 햇살 좋은 창가에 빈 의자 하나
먼 길 떠난 나를 그리며 기다리겠다

# 수수수수수

해수욕장마다 피서객 숫자 경쟁이다
인파가 많으면 행락의 질은 낮아지는데

농촌 마을마다 관광객 유치 경쟁이다
뜨내기가 많으면 삶의 질은 하락하는데

개봉 영화마다 천만 돌파 흥행 선전이다
관객이 저리 많다면 감동은 떨어지는데

베스트셀러, 좋아요 수, 구독자 수, 댓글 수,
팔로우 수, 검색 수, 클릭 수, 수수수수수

무언가 쓸려 나가는 소리
무언가 떨려 나가는 소리

수 수수 수수수 수수수수 수수수수수
바람처럼 시간과 함께 사라지는 소리

나에게는 그저 단 한 사람이 필요하다
날 바라보고 믿어주고 동행하는 단 한 사람

모든 것이 수수수수 팔려 나가는 시대에는
모든 것이 수수수수 뿌리 뽑히는 세계에는

제정신으로 살아있는 단 한 사람
자기 자신을 살아가는 단 한 사람

# 니체를 읽는 밤

산마을 테라스에 앉아
한 달째 니체를 읽는 밤
눈이 내린다

난롯불에도 하얀 입김이 어리고
아른거리는 검은 활자들 사이로
니체가 쿨럭이며 걸어온다

그 찬란한 초인의 노래 속에서
흐느낌과 아우성이 울려오고
그 웅혼한 정열의 광채 뒤에서
귀족의 검은 뒷모습이 일렁이는데

어떻게 니체를 좋아할 수 있을까
나는 민중의 주먹을 치켜들었다

번쩍 마주친 그의 눈동자,
니체는 이미 병들고 미쳐 있었다

어떻게 니체를 사랑하지 않을 수 있을까
나는 가만히 그를 껴안았다

아침 눈길을 걸으며 생각하느니

그들보다 더 '시대의 높이'에 올라서야만
그들이 채운 사슬이 녹아내릴 거라고
그들보다 더 '영원의 시간'에 이어져야만
그들의 빛에 눈먼 눈들이 밝아올 거라고

# 수리매, 올빼미, 호랑이

유유히 창공을 돌다
한순간 빛살처럼 수직 낙하하는
수리매의 눈으로 찰칵, 찍는다

낯선 여인숙의 밤이다
필름통에 동그랗게 감긴 음화들이
올빼미의 눈동자만 같구나

어둠 속에 침묵하고 있는 필름들
그 속에 무엇이 들어있는지
무엇이 살아나올지 난 알지 못한다

동그랗게 날개를 접고
밤의 숲에 들어앉은
저 동그란 올빼미의 눈동자

아니,
어둠 속 호랑이의
불타는 눈동자

# 아득하여라

나는 죽어가는 것들을 사랑했어라
습관처럼 먼 데를 바라보는 눈동자로
사라지는 것들을 어루만지며 노래했어라

밤하늘 별빛의 아득함이여
날리는 꽃잎의 아득함이여
사라짐을 사는 아득함이여

인간 존재의 숭고한 우수에 감싸여
짧은 생과 서로의 약함과 인간적 결함과
그 안에 흐르는 서로 다른 운명의 음률을
예감하면서도 나는 사랑했어라

아득한 생의 시차를 넘어
서로를 알아본 것만으로도 충분한
흐르는 강물 위의 꽃등불 같은 인연

그렇게 강물은 흘러가고
그렇게 그대도 흘러가고
꿈인 듯 만나고 흐르듯 헤어졌구나

매 순간 사라짐을 사는 아득한 생이여
존재의 섬광을 마주하는 아득한 눈동자여

하루하루 죽음의 집행이 미뤄진 자처럼
또 기적 같은 삶의 하루를 받은 나는
오늘이 이곳에서의 최후의 날인 듯
사라짐을 살아야겠구나

사랑하는 것들은 아득하여라
아름다운 것들은 아득하여라
눈물겨운 것들은 아득하여라

# 과자 봉지의 뒷면을 읽듯이

아이가 아이가 예쁜 아이가
과자를 사달라 손을 이끈다

과자를 먹으며 뒷면을 읽는다
제조일자와 유통기한을 확인하고
원재료 함량을 읽으며 문답한다

보존료가 뭐야?
과자가 썩지 않게 넣는 방부제란다

감미료는 뭐야?
설탕의 수백 배 효과를 내는 물질이지

이건 뭐야, 착색제 발색제 탈색제?
먹음직한 색을 칠하는 화학 물감이란다

유화제는 뭐야?
섞이지 않는 재료들의 접착제인 셈이지

그럼 어떡해, 다 몸에 나쁜 거잖아?
아이가 얼굴을 찌푸리며

과자 봉지를 내려놓는다

그래 아이야, 보이는 것만이 아니라
눈에 띄지 않는 뒷면이 중요하단다
너는 과자 봉지의 뒷면을 읽듯이
사람도 그의 이면을 읽어내라

그가 성공하고 유명해진 원재료가 무엇인지
그의 급성장에 어떤 힘들이 첨가되었는지
화려한 그 모습에 어떤 독성이 들어있는지
과자 봉지의 뒷면을 읽듯 찬찬히 확인하라

어떤 뉴스와 사건을 마주할 때도
먼저 그 뒷면을 냉철히 읽어가라

# 뒤를 돌아보면서

나이가 드니 안녕이 참 많군요
안녕이란 말이 무서워지는군요

가면 갈수록 사랑이 오기보다
이별이 더 많이 걸어오는군요

지구에서 한 생을 산다는 게
수없는 이별의 연속이지만
좋은 소식은 점점 가물어지고
탄식은 늘어만 가는군요

나이가 드니 뒤를 돌아보는 일이 많군요
가야 할 길과 해야 할 일을 생각할 때도
뒤를 돌아보면서 앞을 바라보는군요

그대와 나,
우리가 얼마나 많이 왔는지 뒤돌아봐요
많은 일을 겪었고 많은 일을 해왔어요

나와 함께 걸으면서 더 좋은 사람이 되고
자기 자신이 되어가는 게 보기 좋았어요

그때도 그랬듯 난 특별히 해줄 게 없네요

그대가 더는 함께 갈 수 없어도
그래도 나에겐 가야 할 길이 남아있어요

생을 건 약속이 하나 있어
나 홀로 앞을 바라봅니다

뒤를 돌아보면서, 안녕

# 이런 날, 할머니 말씀

있지도 않은 일을 가지고
있어도 별일 아닌 걸 가지고
무슨 대단한 사태인 양
호들갑을 떨고 악소문을 퍼뜨리고
불안과 불신과 공포의 공기를 전하며
동네와 장터를 흉흉하게 만드는
근본 없는 자들을 향해서
할머니가 하는 말

염병하네, 엠병하네, 엠병하네

저이가 염병染病을 퍼뜨리고 있다는
저이가 전염병과 다름없다는
할머니의 단호한 일갈

엠병하네, 염병하네, 염병하네

그런 날이면
할머니는 어린 내 손을 잡고
강가에서 귀를 씻기고 눈을 씻기고
마당 장독대 위에 정안수를 떠놓고

천지신명께 기도를 드린 후
호미를 들고 자기 할 일을 했다
마음 밭에 쳐들어오는
염병할 잡초 뿌리를 캐며

# 선한 영향력이 있으니

자신 안에 자리한 악의 능력을
끊임없이 상기시키는 자가 있다

자신 안에 커오는 선의 능력을
쉬임 없이 고무시키는 자가 있다

그는 어느 쪽인가
나는 어느 쪽인가

악은 선을 삼켜야만 연명할 수 있으니
선은 악에 맞서야만 커나갈 수 있으니

그러니 선한 이여
악에게 자신을 내어주지 마라
위선을 떨치고 선함을 지켜라

진실로 선한 사람은 나쁜 사회에서도
자기 영혼을 잃지 않고 좋은 삶을 사는 사람

아무리 작아도 선한 존재는
그 자체로 어두운 세상의 등불이니

아무리 무력한 듯해도 선한 사람은
선한 존재 자체로 내뿜는 영향력이 있으니

진실로 선하게
끝까지 선하게

# 연말정산

시인에게 연말정산을 하란다
공과금 내고 세금 내고도 빚지지 않고
이럭저럭 한해 살림을 잘 살았다

오늘은 햇살도 좋아 빈 들길을 걸어
이웃 마을로 마실을 가는데
김 씨가 장작불을 피워 놓고
공책에 뭔가를 적고 계신다

어여 오셔, 시방 연말정산 중이구먼
도토리묵 있는디 막걸리 한 잔 할껴

쌀 열일곱 가마, 찹쌀 두 가마, 참깨 서 말,
들깨 여덟 말, 검정콩 다섯 말, 메주콩 아홉 말,
밤 열두 말, 옥수수 아홉 접, 고구마 열댓 포대,
사과, 복숭아, 감, 배, 딸기, 매실… 솔찬히,
배추 삼백 포기, 무우 고만고만, 고추 서른닷 근,
닭 여덟 마리, 달걀 육십 판, 감자, 양파, 쪽파,
상추, 시금치, 브로콜리, 대추, 토마토, 조, 수수,
보리, 쑥갓, 겨자채… 아들딸 손주들 먹을 만치

김 씨 혼자서,
아니 대지와 기후와 해와 별과 더불어
낡은 경운기 한 대로 올 한 해 이룬 결실

연필로 쓰고 지우며 또박또박 적어 나간
김 씨의 생산물 자간마다 행간마다에
내가 그의 정갈한 논밭 사이를 걸으며
작물의 숨결과 계절의 빛깔에 찬탄해온
지상에서 가장 아름다운 정원사의
찬란한 대지의 서사시가 펼쳐지고 있었다

## 좌우左右에서

어제의 적폐인 보수는
오늘 나의 적이다

오늘의 노폐된 진보는
내일 나의 적이다

그래서 지금
좌우 양쪽에서 비난받고 있다면

그 순간, 나는 안도의 한숨을 내쉰다
제대로 가고 있는 것이다 난

# 너의 어휘가 너를 말한다

말은 쉽게 통하지 않는다
어떤 단어를 주로 쓰는가
어떤 어휘가 통하는 사람과
만나고 사귀고 일하는가

나의 단어가 나를 말해준다
나의 어휘가 나의 정체성이다
나의 말씨가 세상 한가운데
나를 씨 뿌리는 파종이다

저속하고 교만한 어휘는
나를 추락시키는 검은 그림자
진실하고 고귀한 어휘는
나를 상승시키는 빛의 사다리

어휘는 나를 빚어가는 손길이니
내 인생의 만남과 인연과 걸음마다
맑고 높고 간절한 어휘가 새겨진다면
그 문맥이 통하는 이들과 함께한다면

영롱한 이슬 맺힌 어휘로

새로운 말의 길을 열어간다면
결전을 앞둔 전사의 무기처럼
고요히 나의 어휘를 닦고 있다면

나의 말씨가 나의 기도이다
나의 글월이 나의 수호자다
나의 문맥이 나의 길이 된다
나의 어휘가 바로 나 자신이다

# 내 인생의 주름

많은 강을 건너고
많은 산을 넘다 보니 알지요
이유 없는 산등성이 하나
연유 없는 골짜기 하나 없지요

그냥 흘러가는 시간은 없고
그냥 불어가는 바람은 없지요
무언가를 남기고 지나가지요

얼굴은 얼골, 얼의 골짜기
내가 걸어온 인생의 행로는
내 얼굴에 고스란히 새겨지니

주름 편다고 지워지지 않지요
주름 진다고 낡아지지 않지요
피할 수 없는 세월의 발자국에
짓눌리지도 일그러지지도 말고
얼의 골로 무늬 지어가요

골짜기 물은 맑고 깊어
산능선은 푸르고 힘차니

고유한 나만의 얼굴로
아름답게 아로새겨가요

# 눈물 대신 노래를

오늘 아침
땅을 스치는 바람 소리를 들으니
문득 알 것만 같구나
오늘이 이 지상에서
고단한 생의 마지막 날이라는 것을

나는 살아서는 눈물이었다
너무 오래 울고 있는 사람들이었다
나는 살아서는 비명이었다
너무 오래 울부짖는 사람들이었다
그러니 이제 와 나 죽을 때는
눈물 대신 노래를 불러다오

수많은 발길 아래 젖은 풀꽃이
최후의 순간에 흰 꽃씨로 하늘을 날 듯
모두들 나와 같이 미소를 짓고
노래하고 춤을 추며 서로를 포옹해다오
살아서 눈물이고 비명인 내 사람들과

# 최후의 부적응자로

다친 가슴을 문지르며
나는 다짐했다
익숙해지지 말자

아침에도 저녁에도
나는 경계했다
무디어지지 말자

하루에도 몇 번이나
입구에서 추방되고
눈총에 저격당하고
음모론자로 내몰릴지라도
이런 위협 이런 강제에
절대로 익숙해지지 말자

날마다 불편하고 숨 막히는
내 상처받는 자리가 무디어진
순간, 나는 끝난 거라고

내가 일생 동안 사랑하고
투쟁해온 모든 것들이,

나의 지성 나의 믿음
나의 양심 내 인간성이
사방으로 몸을 돌려 싸울 때,

우리가 온몸으로 밀어온
피어린 진보의 성취가
이렇게 정점에서 전락할 때
빛나던 물음과 지성이 나뒹굴고
푸르던 자유와 사랑이 폐기될 때,

머지않아 급습하듯 닥쳐올
더 무서운 광기의 세계 속에
남은 희망의 씨앗마저
휩쓸려가게 할 수는 없다고

인간 존엄의 최후의 영토인
내 신체의 자유, 내 표현의 자유,
내 삶의 결정권을 앗아가고
침해하는 자가 신神이라면
신과 맞설지라도 투쟁하는 게
신성神聖한 인간의 길이니

나는 최후의 맨 얼굴로

최후의 부적응자로
최후의 실패한 혁명가로
저 숨은 악의 장막을 찢으며
소리 없이 쓰러져갈 테니

오늘도 비틀거리며 돌아와
나는 다짐한다

무디어지지 말자
적응해가지 말자
익숙해지지 말자

# 끝에서 나온다

누군가 끝났다, 끝났다 울먹이면
말없이 등을 토닥이며
괜찮다, 괜찮다 가만히 속삭인다

나 또한 끝간 데까지 가본 자이니

끝났다는 것은 끝에서 난다는 것
끝에 가서야 무언가 나온다는 것

언 가지 끝에서 꽃이 피어나고
어둠의 끝에서 해가 솟아나고
절망의 끝에서야 새 희망이 나온다

끝까지 가보지 않은 자
끝에서 깨치고 나오지 않은 자
아직은 아니다, 아니다,

끝에서 난다
끝에서 나온다

언제나 사랑이 이긴다

# 꽃은 짧아서

봄날 아침이면
마음이 설렌다

마을 산길에 첫 진달래가 피고
첫 산매화가 피고 첫 생강나무꽃이 피고
첫 히어리꽃이 피고 첫 산벚꽃이 날리고

꽃은 짧은 것!
반복되는 일에 매달려
첫 꽃 피는 날들을 놓친다는 건
바보 같은 짓이다

생은 짧은 것!
남들의 인정에 매달려
꽃피는 날을 허비하는 건
정말 슬픈 일이다

그래서 오늘 아침 말해버렸다
꽃은 짧아서, 생은 짧아서,
너를 많이 좋아한다고

# 하늘을 보는 소년

가난이 서러울 땐 하늘을 보았어요
죽은 아빠가 그리울 땐 하늘을 보았어요
엄마가 아픈 날엔 하늘을 보았어요
억울하고 따돌림당하고 외로운 날엔
홀로 먼 길을 돌아가며 하늘을 보았어요
기러기떼 울며 나는 가을날이면
나만 홀로 남겨진 듯 하늘을 보았어요

나는 하늘을 보는 소년이었어요

철야 노동을 마치고 돌아갈 때도
새벽별이 빛나는 하늘을 보았어요
군홧발에 짓밟힐 땐 눈을 감고
핏빛으로 물든 하늘을 보았어요
동지들이 죽어간 날에도
영혼의 총을 들고 하늘을 보았어요
감옥에서도 그 작은 창살 너머로
파란 조각하늘을 보았어요
실연하고 실패하고 또 패배한 날도
검은 구름 사이로 하늘을 보았어요
사막과 광야와 지구의 끝을 걸을 때도

별이 총총한 하늘을 보았어요

난 하늘을 보는 소년이었어요

하늘을 담은 눈으로 세상을 보았어요
하늘에 비친 눈으로 그대를 보았어요
하늘이 보는 눈동자로 나를 보았어요
그것 말고는 아무것도 없었어요
나에겐 하늘이 있었어요
하늘이 눈에 담은 내가 있었어요
오늘도 난 하늘을 보는 소년이에요

# 봐라, 돌아온다

자연을 몰아내 봐라
자연은 점점 더 한꺼번에 역습할 테니

영혼을 눈감아 봐라
영혼은 어둠 속에서 눈을 부릅뜰 테니

혁명을 추방해 봐라
혁명은 전혀 다른 얼굴로 도래하고 말 테니

# 과거의 씨앗들이 꿈틀대고

겨울 대지에 뿌려진
과거의 씨앗들이 꿈틀대고
지금의 틈 속에 미완의 생들이
어둠 속의 눈동자로
잠복한 채 숨죽이고 있구나

모두가 잠든 시간에야
그 눈빛을 마주친 이들이
자신이 참여할 수 있는
시간의 도래를 예감하며
무언의 암호를 타전하고 있구나

잊혔을지라도, 묻혔을지라도,
미완의 과거들은 죽지 않는다
어둠 속의 눈동자는 죽지 않는다

겨울 대지에 하얗게 묻힌
과거의 씨앗들이 꿈틀대고
어둠 속의 별빛으로 걸어오고

# 나의 귀인이 되어주실라요

그 청년이 그 소녀에게
떨리는 음성으로 그러더란다

많은 길을 다니고
많은 사람을 만나면서
귀인을 만나게 해달라고
기도 하나 품고 살다가
마침내 그대를 만났소

나의 귀인이 되어주실라요?

그 말 한 마디에 휘청하고 보니
그의 품에 안겨 있더란다

그 작고 가난한 청년이
온 심정과 영혼을 담아
빛나는 눈동자로 바라보는디,
부잣집 막내딸도 그 가슴 떨림에
어쩔 도리가 없었다고
그녀는 말했다

그래서, 그 남자랑 잘 살았냐고,
행복했더냐고 차마 물어볼 수 없었다
그 남자는 뭐가 그리 바쁘다고
30대의 그녀에게 다섯 아이와 빚과
연좌제만 남겨주고 세상을 떠났으니까

그래도 말이다
니 아부지는 첨부터 끝날까지
어린 나한테 존댓말을 썼단다
함께 있을 땐 같이 책을 읽고 논의했고
때로 잘 차려 입고 같이 길을 걷고
좋은 것을 찾으면 같이 웃고 경탄하고
같이 성당을 나가고 나라 위해 기도했제

그리 불운하고 어려운 날이 많았어도
늘 당당하고 겸손하고 결기가 있었제
뜻이 높은 청년에겐 가혹한 시대라서
고생과 위협과 고난은 끝이 없었지만
세상을 품은 눈물로 생생했었제

귀한 뜻을 품고
곧고 선한 길을 가며
참말을 하고 올바로 살고

누구나 귀하게 대하는
니 아부지가 귀인이었제
귀인은 서로를 고귀하게 만들제

그래서 늘 고맙고 미안하고
무너지지 않는 걸음으로 꼿꼿이 살았다네
'나의 귀인이 되어주실라요'
나는 오직 그 말 한 마디에만
한 번 무너졌으니까 말이다

너무 짧아 찬란했고 그리웁고
이렇게 길게 생애 내내 나를 울리는
고귀한 내 사람이었다네
난 너무 짧게 귀인을 모시고 살았다네

나의 귀인이 되어주실라요?

# 주목注目한다

한번은 너에게도 하늘이 열렸고
네 곁에 신이 다가갔음을 나는 알고 있다
한번은 너에게도 천사와 귀인이 걸어왔고
한번은 악마를 보았음을 나는 알고 있다

한번은 예술가였고 탐험가였고 시인이었고
한번은 창조자였고 혁명가였고 구도자였고
지금도 그 모든 네가 있음을 나는 알고 있다
단지 네가 주목하지 않았을 뿐

세상에는 경악할 진실들이 걸어온다
인생에는 여정의 놀라움이 찾아온다

한번은 한번쯤은 다시
네 곁을 서성이다 지나치고
네 가슴의 창문을 두드리는
네 안의 네가 살아있다

다만 무언가에 사로잡혔고
주인의 눈으로, 목적의 눈으로,
주목하지 않았을 뿐

네 안에 이미 있었다

나는 너를 주목하느니

# 좋은 사람을 좋아할 뿐

게이나 레즈비언,
어떻게 생각하세요
혹시… 좋아하세요?

저는요,
좋은 사람을 좋아해요
그가 누구라도 좋은 사람요

사람은 어디서
어떤 모습으로 태어났건
타고난 다름은 존중되고
차별을 받아선 안 되죠

하지만 나에게
한 사람, 한 사람, 한 사람은
그가 좋은 사람인가
그것이 중요할 뿐이죠

# 밤은 반란자들의 공화국

나는 안개에 감싸인
밤의 기척이 좋았다

빛은 나의 편이 아니었다
낮의 시간은 권력자의 것
환한 거리는 정규군의 것
안개는 저항자들의 연막
어둠은 게릴라들의 무대

우리는 밤의 기습자
어둠 속에서 노래하고
어둠 속에서 자라나고
어둠 속에서 전진하고
해방의 진지를 구축한다

밤은 반란자들의 공화국
태양이 한번 눈을 감아
밤의 눈빛을 선물하면
어둠에 익숙해진 눈동자는
더 먼 시계視界를 확보한다

한낮의 세계는 착착 착착
한 치의 어김없이 가동되지만
그 세계에 편입되지도 않고
측정되지도 삼켜지지도 않은
밤에만 빛나는 이들이 있다

어둠 속에서 빛이 된
눈동자의 아이들이 있다
새로운 세상과 내통하며
밤의 안갯속에 전진하는
불꽃의 가슴들이 있다

밤은 반란자들의 공화국
다시 밤이 온다

## 그대로 두라

일상은 일상으로 두라
일상을 이벤트로 만들지 마라
일상이 일상으로 흘러갈 때
여정의 놀라움이 찾아오리니

결여는 결여대로 두라
결여를 억지로 채우지 마라
결여는 결여된 채 품어갈 때
사무치는 그 마음에 꽃이 피리니

상처는 상처대로 두라
상처를 감추지도 내세우지도 마라
상처가 상처대로 아파올 때
상처 속의 숨은 빛이 길이 되리니

# 엄마에게

엄마의 바닷속에서 난 눈을 감고 있지만
어둠 속의 빛으로 다 보고 있어요
모든 소리를 다 듣고 느끼고 있어요

엄마 안에서부터 날 가르치지 말아주세요
엄마의 초조함과 불안함이 그대로 느껴져요
엄마의 사랑이 조금씩 숨가빠와요

흙길을 걷는 엄마의 발자국 소리를 들려주세요
저도 지구를 걸을 생각에 가슴이 설레요
시를 읽는 엄마의 마음의 울림을 들려주세요
저도 시를 노래할 생각에 가슴이 설레요

엄마, 저를 위해 아무것도 하지 말아주세요
엄마를 위한 좋은 삶을 살아주세요
엄마가 사는 좋은 삶이 제게로 흘러오니까요

엄마가 좋아하는 책을 읽고 노래를 부르고
엄마가 사랑하는 사람들을 만나고
욕심 없는 깨끗한 언어로 말해주세요

엄마 안에서 꿈틀대고 있는 지금부터
앞서가라 달려가라 절 내몰지 마세요
저는 엄마를 통해 지구에 오지만
제가 찾아가야만 할 길이 있으니까요

엄마 우리 곧 만나요

# 목화는 두 번 꽃이 핀다

꽃은
단 한 번 핀다는데
꽃시절이 험하여
채 피지 못한 꽃들은
무엇으로 살아야 하나

꽃잎 떨군 자리에
아프게 익어 다시 피는 목화는
한 생에 두 번 꽃이 핀다네

봄날 피는 꽃만이 꽃이랴
눈부신 꽃만이 꽃이랴

꽃시절 다 바치고 다시
앙상히 말라가는 온몸으로
남은 생을 다해 피워가는 꽃
패배를 패배시킨 투혼의 꽃
슬프도록 아름다운 흰 목화여

이 목숨의 꽃 바쳐
세상이 따뜻하다면

그대 마음도 하얀 솜꽃처럼
깨끗하고 포근하다면
나 기꺼이 언덕에 쓰러지겠네
앙상한 뼈대로 메말라가며
순결한 솜꽃 피워 바치겠네

춥고 가난한 날의
그대 따스하라

## 스승과 제자

세상 직분 중에 으뜸은
농사, 사람 농사

사람은 후대를 잘 길러야 하는 법
인생의 최종 승부는 훌륭한 제자를 기르는 것
훌륭한 제자란 스승을 잡아먹는 자
훌륭한 스승은 추격하는 제자에 앞서 도망가는 자

나이 들수록 내어주고 간소하게
날이 갈수록 비워내고 날렵하게
생을 두고 끝까지 정진하며

제자에게 잡아먹히기 전,
저 아득한 우주의 빛으로 몸 던져
꽃처럼 별처럼 표표히 사라지는 자

# 태양만 떠오르면 우리는 살아갈 테니

눈 내리는 산을 오르며
하얗게 웅크린 산등성이를 본다
날아갈 듯한 언 몸을 가누며
눈보라 치는 세계를 바라본다

눈발 날리는 귀갓길에서
아이들 먹을 것을 구해 돌아오는
엄마와 아빠의 웅크린 어깨 위에
얼마나 많은 노고와 피로와
그보다 더 싸늘한 수모가 쌓여있는가

문 앞에서 눈을 털어내고
등을 곧게 세운 뒤 문을 연다
달려와 반기는 아이를 안는다

나는 오늘도 등을 굽혀 살아냈지만
너는 내 굽은 산등성이를 딛고 올라
앞으로 앞으로 나아가게 하리라고
그 등으로 막아낸 화살과 바람만큼
뜨거운 무언가로 아이를 끌어안는다

해는 저물고 눈보라는 거센데
다시 묵직한 생존의 배낭을 지고 오르는
암벽 길에서 한 가닥 밧줄을 탄다
까마귀떼는 머리 위를 떠돌고
나는 벼랑 끝에 매달린 깃발처럼
의지할 무엇 하나 없는 이 겨울날

그러나 보라
누가 저 침묵의 산등성을 무력하다 하는가
누가 저 웅크린 사람들을 패배자라 하는가
하얗게 언 산과 산들이 웅크린 등을 맞대고
세계의 눈보라를 기꺼이 맞아가며
연둣빛 싹들을 품어 기르고 있는 것을

밀려나고 쓰러지고 언 살 터져도
내 웅크린 등으로 품어 길러야 할
어린 희망 하나 숨 쉬고 있어
이 치열한 겨울 사랑이 있어
그래도 봄은 끝내 돌아올 테니

용기를 내라, 노래를 불러라, 손을 맞잡아라
태양만 떠오르면 우리는 살아갈 테니

# 사랑은 가슴에 나무를 심는 것

사랑은
가슴에 나무를 심는 것

화분 하나 들여놓는 것이 아니다
시들면 바꿀 수 있는 것이 아니다

사랑은
내 몸속에 나무를 심는 것

그 사랑 떠나는 날
내 심장이 뽑히고
한 세계가 뽑히고
깊은 심연에 구멍이 뚫리고
그 구멍 뚫린 어둠 사이로
은하수가 흐르고
긴 탄식이 흐르는

아 나는 사랑을 했어라
내 안에 나무를 심었어라
사랑의 나무를 심었어라

그 나무처럼 내가 살고 푸르러지고
그 나무처럼 내가 죽고 메말라가는

사랑은
내 몸속에 나무를 심는 것

내가 죽어도 나를 거름 삼아 커나가는
아, 사랑은 내 심장에 나무를 심는 것

# 비는 땅에서 내린다

비가 내린다
비는 하늘이 아니라
땅에서 내린다

검은 땅에서는 검은 비가
푸른 땅에서는 푸른 비가
마른 땅에서는 마른 비가

하늘에서 내려오는
모든 것은
땅에서 비롯된다

기다리던 봄비가 내리고
얼굴 맑아진 꽃망울과
새싹들은 마른 목을 축이는데

봄비가
축복 같은 봄비가
첫 봄비가 두려운 날

독이 든 빗방울은

대지의 몸 깊이 스며들어
천 년의 죄를 새겨간다

땅 위에 닥친 일은
그 땅의 사람들에게도
닥칠 것이니*

이 땅에 짓는 사랑은
곧 하늘에 짓는 사랑의
바탕 뿌리이니

*시애틀 인디언 추장에게서 일부 따옴

# 무겁게 가볍게

선하고 깨끗한 돈을 받아들 땐 무겁게
그러나 돈의 유혹이 다가올 땐 가볍게

내 삶의 권위를 써야 할 땐 무겁게
그러나 권력이 손 내밀 땐 가볍게

단 하나뿐인 생명을 바칠 땐 무겁게
그러나 결단 앞에서는 죽음마저 가볍게

# 그런 밤이 있다

좋지 않은 일들로 마음에 칼이 서는
오늘 같이 아픈 밤엔 기도를 한다
주를 향하여 부르짖는 아이처럼

하늘이여
제가 가리지만 말게 해주세요

나는 당신의 영매靈媒인 시인
힘없는 이들의 펜이며 말 없는 것들의 입
내게 전승된 이 오래된 사랑의 불을
기필코 물려주어야 하는 전령자
먼 길을 걸어온 순례자들의 이정표
아스라한 두 세계를 잇는 흔들다리
세상의 마음 바닥을 닦는 한 조각 걸레
황무지에 나무를 심는 삽이고
괭이이며 일손인 하나의 연장

만일 제가 낡고 무딘 도구라면
저를 죽음의 용광로에 던져버리세요
저를 사랑의 도구로 쓰지 않고
제가 사랑을 도구로 삼는다면

단호히 내 목을 쳐버리세요

당신의 빛을
제가 가리지만 말게 해주세요

나의 인간적 결함과 무능으로
간절하게 길을 찾는 사람들이
실망하고 돌아서지 않게 해주세요
나의 나이 듦과 굳어짐으로
새로운 감성으로 앞서가는 아이들이
피해 가지 않게 해주세요
나의 말이 그들의 가슴에 외계어로
어긋나지 않게 해주세요

저도 남은 날이 많지 않아요
너무 고단해 어서 잠들고 싶어요
그만 절 거두어주시면 안 되나요

그리고 어김없이 날아드는
하늘의 발길질에 아얏,
나한테 왜 그러는데…요
대들어 보다가 슬그머니
울며 잠이 드는 그런 밤이 있다

# 게릴라의 노래

눈 맑은 소년 소녀와 청년들이
조국의 독립과 해방을 위해
산정의 게릴라 부대에 찾아와
영혼의 총을 들고 입단식을 한다

백전노장의 선배들이
젊은이들에게 축하 노래를 불러준다

오래된 게릴라 백 명보다
새로운 게릴라 한 명이다
늙은 나는 먼저 죽고
푸른 너는 살아남아
피에 젖은 이야기를
봄날 대지에 뿌려주오

젊은 새내기들이
선배들에게 감사 노래를 불러준다

새로운 게릴라 백 명보다
오래된 게릴라 한 명이다
젊은 내가 앞서 죽고

오래된 님은 살아남아
피에 젖은 이야기를
봄빛 가슴에 심어주오

설산의 눈보라가 몰아쳐오고
멀리서 총성이 울려오고
흰 눈에 붉은 꽃이 피고

## 악몽 속에 계시가 온다

기록된 역사 밖에서 마주치는
역사의 진실은 나의 전율이다

망각의 장막을 찢고 목격하는
인간의 역사는 나의 악몽이다

여기 지구에서의 한 생은
내가 깨어나야만 할 하나의 환영,

깨달음은 악몽이다
악몽 속에 계시가 온다

# 언제나 사랑이 이긴다

어떤 처지에 있더라도
청춘의 사랑은 빛난다
아무리 어려움이 많아도
청춘의 사랑은 꽃이다

뒷골목 쓰레기통 옆이건
우산 없이 걷는 빗길이건
청춘의 순수한 사랑 앞에서는
저 심술궂고 불인不仁한
신도 따라 웃는다

너희를 보고 웃지 않는 신이라면
세상 끝까지 쫓아가 패버리고
신나게 도망치며 어느 공원이건
광장 바닥에라도 뒹굴며 웃어라

사랑이 월세를 내주진 않아도
컵라면도 삼각김밥도 캔맥주도
천상의 식탁이 되게 하느니
사랑 없는 귀족의 식탁보다
사랑하는 너와의 소박한 밥상이니

춤추고 노래하고 꿈을 꾸고
밥을 벌고 책을 읽고 대화하고
탐험하고 도전하고 깨어지고
함께 앞을 보며 나아가라

두려워하지 마라
실패도 상처도 이별마저도
재고 따지고 계산 따윈 하지 마라
쿨한 척 괜찮은 척 시크한 척하다가
척척 꺾인다 청춘

젊음은 사랑과 시와 혁명과
슬픔의 폭탄을 품고 있어 젊음인 것
젊은이의 불꽃같은 사랑 앞에서는
누구라도 이길 자가 없으니

사랑은 좋은 것이다
사랑은 주는 것이다
내가 나를 사랑한다며
내 안의 사랑을 창백하게 죽이지 말고
세상 한가운데서 사랑하라

청춘의 순수한 사랑은

비정한 세상을 이긴다
오늘의 어둠을 이긴다
언제나 사랑이 이긴다

# 어떤 일이든

어떤 일이든
3년은 해야 감이 잡히고
10년은 해야 길이 보이고
30년은 해야 나만의 삶의 이야기가 나오죠

일터는 돈터이지만
내 인생의 꽃시절을 보내는
삶터이자 수행터이니까요

어디에서 어떤 일을 하건
성실함과 꾸준함이 필요해요
누구를 위해서가 아니라
그 모든 날들이 내 소중한 인생이니까요

이제야 잘해볼 수 있겠다
이제 다시 시작이다
젖은 눈으로 한번 웃는
생생한 나날이 와요

# 오늘은 선거 날

오늘은 선거 날
투표소에 간다

신분증을 내밀고 투표용지를 받고
좁은 기표소에 들어서 나 홀로
붉은 도장을 들어 찍으려는 순간

떨린다
이게 뭐라고
마음도 손도 떨린다

행여 선을 넘을까
숨을 멈추고
꾹 찍는다

투표를 마치고 나온 사람들이
지인들과 나직이 속삭인다
아유 왜 이리 떨려
이게 뭐라고 이렇게 떨려

그렇다, 권력은 전율이다

권력에는 생의 전율이 흐른다
국가 권력의 칼을, 내 삶의 결정권을,
그 손에 쥐여주는 것은 떨리는 일이다


이 나라는 떨고 있다
민주주의는 떨고 있다
삶의 자유는 떨고 있다


내 손으로 직접 대통령을 뽑기 위해서
내 손에 이 투표용지 한 장을 쥐기 위해서
싸우고 갇히고 죽어간 수많은 벗들과
흰옷을 피로 물들이며 산처럼 쓰러져간
내 안의 선조들이 나와 같이 떨고 있다


이게 뭐라고
실망하고 또 실망할 걸 알면서도
난 지금 떨고 있다


오늘 나처럼 숙연한 떨림을 품고
그래도 우리 함께 앞을 바라보는
한 사람, 한 사람, 또 한 사람,
그 곧고 선한 마음의 떨림들이
세상을 조금씩 전진시키는 것이니

미래는 떨고 있다
희망은 떨고 있다
우리는 떨고 있다

# 혐오가 나를 오염되게 하지 말라

현실이 우리를 배반할지라도
시대가 우리를 외면할지라도

환멸이 나를 소멸하게 하지 말며
혐오가 나를 오염되게 하지 말며
실망이 나를 무기력케 하지 말며
공포가 나를 잠식하게 하지 말며
시간이 나를 시들게 하지 말지니

어둠 속에서도 내 눈동자는 빛나기를
고난 속에서도 내 마음만은 푸르기를

# 당나귀

나는 한 마리 당나귀
늠름한 말도 아니고
사자도 호랑이도 애완견도 아닌
나는 비루한 당나귀

마라케시 골목길에서 물을 싣고
에티오피아에서 커피콩을 싣고
윈난 협곡에서 보이차를 싣고
자그로스 산맥의 눈길에서
소녀 게릴라의 주검을 싣고
산 넘고 강 넘고 황야 넘어 멀리
장에 가는 곡물과 과일을 싣고
그 작은 몸에 산 같은 짐을 지고
험하고 가파른 길을 걸어왔다

빛도 없는 노동이 삶의 전부여서
애초에 소명이란 인고와 헌신이어서
힘없는 울음소리마저 구슬퍼서
작고 못난 용모로 반쯤 눈을 감고
서 있는 너는 내 자화상만 같아서
나는 눈물 흐르는 지구의 골목길에서

딸랑딸랑 방울소리 울리며
무거운 짐을 지고 가는 너를 보며
다시, 일어서 나의 길을 가곤 했으니

작고 고된 슬픈 눈의 짐승아
나는 아이를 안고 짐을 이고 지고
국경을 넘는 가난한 여인 곁에서
밤의 당나귀처럼 걸으며 울었다

## 사랑이 되기

당신은 사랑받기 위해
태어난 사람이, 아니다
그런 게 아니다 인간은

사랑받기 위해서가 아니라
사랑하기 위해 여기 왔다

사람은 사랑받는 대상보다
사랑하는 존재가 되고픈 것

사랑받기보다
사랑을 하기
사랑이 되기

## 관상觀想 휴가

장마 전에 난 정말 바쁘다
감자알을 캐고 블루베리를 따고
오이를 따 소금에 절이고
별목련과 팥배나무를 캐다 심고
정원의 꽃나무들 가지치기를 하고
수로를 파 물길을 내주고 나면
나의 7월은 끝, 휴가다

나의 여름휴가는 아무 데도 가지 않고
아무것도 하지 않는 관상觀想 휴가
문 앞에 "묵언 중입니다. 방문 사절. 미안."
팻말을 내걸고 전화기도 뉴스도 끊고
테라스에 집필 책상과 의자를 치우고
낮고 편안한 의자를 놓고 기대앉아
묵연히 앞산을 바라보다 구름을 바라보다
아침 안개가 피어오르는 걸 지켜보고
불볕에 이글거리는 들녘을 바라보다가

하루 한 번 밥을 지어 먹거나
감자와 달걀을 삶아 소금과 후추,
올리브기름과 푸성귀를 넣어 먹고

커피를 갈아 내려 마시고
산 그리메에 길게 나는 새를 바라보고
작은 정원을 맴돌며 노래하는
휘파람새 소리에 미소 짓다가
앞 논에 외다리로 서서 생각에 잠긴
흰 두루미를 바라보다가

느닷없는 천둥번개와 빗금 쳐 쏟아지는
빗줄기에 한순간 세계가 변하는
서늘한 기운에 잠깐 우수수 하다가
겹겹진 구름 사이로 태양빛이 쏟아지며
커다란 무지개가 갈라진 세계를 잇는 듯한
장관을 눈 가늘게 뜨고 바라보다가
다시 한여름의 정적이 오고
총총한 별들과 반딧불이의 춤 속에
죽음보다 깊은 잠이 들었다

아무 말도 하지 않고
아무것도 보지 않고
아무것도 쓰지 않고
눈앞의 풍경과 눈 감은 세계와
두 세상 사이의 유랑 길에서
분주한 세상의 한가운데서

나의 상념과 감정과 고해와 내면을
오롯이 지켜보는 깊고 치열한 쉼

내 여름 관상 휴가 끝

자아, 무엇이 시작될까
무엇이 나를 찾아올까
설레는 아침 산책 길의 걷는 독서

# 맞춰가면 밟히리라

민중을 거스르면
민중의 손에 죽으리라

대중에 맞춰가면
대중의 발길에 밟히리라

유행을 따라가면
유행의 파도에 쓸려가리라

젊음에 편승하면
젊은 이빨이 씹다 뱉으리라

# 인간은 서로에게 외계인이다

인간은 서로에게 외계인이지
각자 다른 행성에서 여기 와
지구 인간의 모습을 입고 조우한,
서로가 서로에게 외계인이지

말속의 어휘도 심정도 감각도
의식도 마음도 서로 소통되기가
두 행성만큼이나 아득하지

너와 나는 다른 차원과 밀도의
은하에서 파송派送되어 지구에서의
짧은 한 생을 살다 가는 거지

그러니 사람과 사람에게 있어
모든 이해란 실상은 오해일 뿐이지
모든 사랑은 절정의 착각일 뿐이지

그렇게 각자 살지
그래도 함께 살지
그러니 사랑하지
서로가 서로에게 외계인인 우리는

## 좋은 죽음

제대로 살지도 못했는데
죽음이 그리도 비통한가

좋은 죽음을 맞기 위해서는
좋은 삶이 필요하다

자신에게 주어진 생의 날들을
남김없이 불사르는 사랑이,
시대를 관통해온 고난의 성상星霜이,
여명의 지혜가 깃든 흰머리와
어둠 속의 별빛 같은 눈동자가,
순간과 영원을 오가는 빛의 행로가

살아서 좋은 삶이었다면
죽음도 좋은 죽음이었다

## 사인을 받았다

모처럼 라 카페 갤러리에 들러
전시장에서 나도 내 작품을 관람 중인데
일곱 살쯤 된 소녀가 톡톡 내 등을 두드린다

저 사인 좀 해주심 안 돼요?

음… 왜 사인을 받으려는 건데?

사진을 보고 엄마랑 사람들이 울잖아요
엄마가 여기서 다른 사람 같아요

근데 왜 나한테 사인을 받으려 하는데?
저 사진 속 사람들한테 사인을 받지 그래

에이, 바보 저 사람들이 못하니까
대신 좀 해달라는 건데, 그것도 몰라

응 난 바보야
바보 사인받아 뭐 하게

미안, 삐졌구나, 글지 말고 사인 좀 해줘용

저도 막 눈물이 나서요
가슴에 꼬옥 담아두려고요

천천히 전시를 다 보고 나서
난 소녀가 고른 엽서에 사인을 해주었다
'그대 맑은 눈물에 별이 빛나기를'

그리고 내가 고른 엽서에 소녀의 사인을 받았다
'저를 멀리멀리 데려가 주시고
좋은 사람들 만나게 해 주시고
절 울게 해 주셔서 감사해요
건강하세요 시인 아저씨
제가 클 때까지 그대로 꼼짝 마세요'

지는 크고 나는 이대로 멈추고, 이건 아니지,
매우 불공정한 사인 교환식을 마치고
우린 서로를 꼬옥 안아주었다

.

# 숲에서 시작되죠

바위는 장중하고
벌레는 영리하고
새들은 명랑하죠

샘물은 재잘대고
이끼는 소곤대고
나무는 묵연하죠

반디는 춤을 추고
사슴은 여행하고
별들은 기도하죠

숲속에서 모든 것이 일어나죠
비밀스런 사건들이, 생의 신비가,
시와 사랑과 혁명이 시작되죠

숲에서 시작되죠
숲에 사는 정령에서 시작되죠
숲을 걷는 이에게서 시작되죠

# 네 안의 시인

시인은 밤의 파수꾼
밤의 눈빛, 밤의 유령, 밤의 잉태

해가 돌아가고 밤이 걸어올 때
소음이 가시고 소란이 잠들 때
검은 숲에서 붉은 눈을 치켜뜨고
너의 꿈속에 유령처럼 출몰한다

저 시원의 별빛과 동굴의 모닥불과
봉기의 봉홧불과 대장간의 불덩이와
꺼지지 않는 성전의 깊은 불씨를 품고
식은 네 심장에 불을 붙여 전해준다

다시 해가 뜨고 열기가 오르면
나는 경계 밖으로 추방된다
밤의 기습을 위하여
밤의 조우를 위하여

밤의 검은 봉지에 담아 버린
나는 너의 울음을 수거한다
너의 상처, 너의 신음, 너의 고해,

말속의 말하지 못한 그 말,
밤의 동굴에 메아리치는 간절한 기도,
네가 버린 그 밤의 아이를

울다 잠든 너의 머리맡과
웅크린 네 등 뒤를 지키며
가만히 잠입해 불씨를 건네주는
나는 비밀한 밤의 파수꾼
네 이마의 새벽별

단 한 줄로도 치명적인 시
네 안의 시인

# 성장하기 위해서는

아이가 성장하기 위해서는
엄마의 젊음을 빨아먹어야 한다

도시가 성장하기 위해서는
농촌과 지방을 빨아먹어야 한다

경제가 성장하기 위해서는
인간과 자연을 빨아먹어야 한다

성장은 무언가를 잡아먹고 자란다
내 삶을 잡아먹는 성장, 조심하라

성장할 때가 있고
성숙할 때가 있다

지금, 성장보다 성숙이다
이제, 성숙이 성장이다

# 가혹한 노년

인생이 길어졌다
아니
수명이 길어졌다

시간이 짧아 초조하다
시간이 길어 불안하다
인생은 짧고, 노년은 길다

삶이 이리 길 줄 알았더라면,
이리 오래 살 줄 알았더라면,
다르게 배우고 다르게 일하고
다르게 살아왔을 텐데

한여름 매미 울음처럼 지나갈
명성과 지위와 재산을 쌓느라
푸르른 절정의 젊음과 바꿔왔으니
남은 건 버석한 껍질뿐이니

단념이 아닌 체념으로
자긍이 아닌 자만으로
아량이 아닌 아집으로

늙음은 새로운 죄목으로
젊음의 법정에 세워져
처형되기 직전이니

한 생의 노고와 성취가
부정되고 조롱받고 냉대받는
죄가 된 늙음이여
가혹한 노년이여

# 가난한 가을날에

늦은 가을비 내리는
나무 사이를 걸으며
떨어지는 잎들이 그랬다

올 가을은 가난했다고
단풍조차 다 물들지 못해
미안하다고

말라 초라한 잎이라도
비 눈물에 고이 펴서
나 바람에 진다고

가물었던 지난 여름
곱게 빛나지도 못한
부실한 내 가을 생에
후회하는가

후회는 없다
원망도 없다
회한이 있을 뿐

잘해주고 싶었으나
어려운 날이었다고
하여 서러웠다고

너무 늦게 내리는
무정한 빗속에서
흐느끼듯 날리는
단풍잎들이 그랬다

# 코로나 성탄절

내가 탄생한 날
아무도 없었다
추방당한 어미의 마른 가슴과
구유의 양들이 입김을 더해줄 뿐

내가 노동자로 자라날 때
누구도 나를 몰랐다
나 또한 나를 몰랐다
인간은 사랑이 많고
선해야 한다는 것 말고는

'율법을 사랑' 하기보다
'사랑의 율법'을 살자고 나는 말해버렸다
문둥병자와 버림받은 이를 찾아 나섰고
돌을 맞는 여인들을 몸으로 감싸주었고
굶주린 이들과 눈물 젖은 빵을 나누었다

내가 체포되고 못 박힐 때
모두가 나를 조롱하고 침을 뱉었다
동지도 민중도 현자도 성자도 등을 돌렸다
가련한 내 어미와 내 사랑의 여자가

허공에 매달려 죽어가는 나를 지켜봤을 뿐

그로부터 나는
못 박힌 자들의 가슴마다 되살아나
2천 년을 걸어 오늘 여기까지 왔다

그런데 어찌 된 일이냐
아이야, 네게 무슨 일이 있었던 거니
누가 네 어여쁜 얼굴을 가렸느냐
누가 네 몸의 성소를 침범했느냐

문 닫힌 성전은 어찌 된 일이냐
전쟁도 기아도 재난도 독재도
막지 못하던 내 사랑의 방문을
누가 감히 가로막느냐

아이야, 너 어디에 있느냐
닫힌 성전과 집집을 두드려도
네 응답을 들을 수가 없구나
네 얼굴을 알아볼 수 없구나

하늘이 네게 선물하신
신성한 자유의지를 지키고자

세상 다수로부터 고립되고
박해받고 추방당한 자들아
손해 보더라도 사랑을 나누고
희망을 품고 기도하는 자들아
나는 눈발을 헤치고 네 곁으로
숨어 숨어 찾아가야겠구나

2021년 성탄절에
나는 다시 부르짖나니

하느님, 나의 하느님,
어찌하여 이들을 버리시나이까
어찌하여 이 땅에 다시
'사랑의 율법'이 아닌
'율법의 사랑'이 못 박아 오나이까

# 촛불을 켜라

어둠이 오면
촛불을 켜라

세상이 어두우면
촛불을 켜라

그 무엇을 위해서가 아니라
나 자신이 어둠이 되지 않기 위해
촛불을 켜라

눈부신 거짓에 진실이 죽어갈 때
나 자신이 꺼져버리지 않기 위해
촛불을 켜라

나 하나를 지켜
세상의 아침이 밝아올 때까지
어둠 속에서 촛불을 켜라

# 사랑은 죽음보다 강하다

폭음이 울리는 국경 산악마을에서
총상을 입은 스무 살 청년을 만났다
기관총을 손질하다 흘러내린 머플러를
어깨 너머로 쓸어올리며 그가 물었다

샤이르 박은 죽음이 두렵지 않으세요
전쟁의 나라에서는 삶을 사는 게 아니라
하루하루 죽음을 살고 있는 것만 같아요

총상의 통증을 견디려는 듯
담배에 하얀 양귀비 가루를 섞어 말아
깊숙이 빨아들이던 그가 담배를 건넸다
나는 하얀 연기를 한 모금 날리며
어둠 속의 눈동자를 바라보며 말했다

두렵지요
두려움의 끝인 죽음은
나도 늘 두렵지요

사랑하다 죽는 것은 두려운 일이지만
사랑 없이 사는 것은 더 두려운 일이지요

사랑은 죽음보다 강하지요

희끗한 싸락눈이 날리는
국경 없는 밤하늘을 바라보며
그와 나는 말없이 젖은 담배를 주고받았다

## 사라진 별들

영웅이 필요한 시대는 얼마나 불행<sup>不幸</sup>한가
영웅이 사라진 시대는 얼마나 불미<sup>不美</sup>한가

시대의 별들은 스러져갔고
세계는 빠르게 평평해졌고
권위의 산정은 녹아내렸고

영웅을 기다리는 시대는 얼마나 난세인가
영웅을 추방하는 시대는 얼마나 혹세인가

# 누구의 것인가

길은
길을 걷는 자의 것이다

젊음은
젊음을 불사르는 자의 것이다

사랑은
사랑을 바쳐주는 자의 것이다

창조는
과거를 다 삼켜 시대의 높이에 선 자의 것이다

계절은
계절 속을 걸으며 향유하는 자의 것이다

하늘은
속셈 없이 간구하고 헌신하는 자의 것이다

# 나무야 부탁한다

심장을 다쳤다
70을 바라보는 성상星霜에
내 작은 심장은 크게 상하고 말았다

병력病歷의 시간만큼
약력藥歷이 필요하다 했다

일체의 독서와 집필을 금지당한 채
산마을 테라스에 앉아 홀로 남은 아이처럼
계절이 흐르고 구름이 흐르는 걸 지켜본다

선한 나무꾼 친구들이
아프지 말고 오래 살아달라고
백 살 넘은 산딸나무와 살구나무와
고야나무와 산감나무를 심어주신다

뿌리가 끊기고 가지가 잘린 채
막 옮겨 심긴 앙상한 나목들이
내 모습만 같다

이대로 죽지만 않는다면,

낯선 땅에 다시 실뿌리를 내리는
잔인한 재탄생으로
수백 년을 푸르게 피어나리라

그러하리라
그래야 하리라

묵언默言이 말하고
무위無爲로 행하고
무사無事를 일삼고

앙상하게 잘려 심긴 나무들에게
아침저녁 물을 주고 안아주고
서성이며 바라보고 기도하는 나날

그래 어쩌면
난 여기까지일지도 모른다

좋은 일이다

하늘만이 아실 일도
하늘만이 하실 일도
남겨두고 가리라

아직 싱싱하게 뛰는 심장들아
뜨겁게 맥박 치는 젊음들아
이제 네 가슴의 대지에
나무를 품고 길러다오

행여 내가
마지막 인사를 전하지 못하거든
다시 살아나는 이 나무의
푸른 잎과 꽃을 보아주시길

나무야 부탁한다
나무야 미안하다

# 새 푸르게 기억하라

산정 암벽에 서서
붉은 노을에 나는 새들을 본다
그중 한 마리가 내 머리 위를 맴돌다
말라 죽은 주목 가지에 앉아
나를 뚫어지게 바라본다

발목에 묶인 끈 한 가닥이
사슬처럼 파고든 왼발을 들고

너는 묶여 있던 끈을 끊고 탈출했구나
너는 붙잡혀 있던 치욕을 잊지 않고자
한 가닥 끈 자락을 아직 달고 있구나*

힘차게 날아오를 때마다
날다가 내려앉을 때마다
묶인 끈이 발목을 파고드는 통증으로
그 치욕의 날들을, 그 해방의 투혼을,
끝까지 아픔으로 간직하고 있구나

새는 한 번 날개를 펴더니
앞서간 무리를 향해 빠르게 날아간다

기억하라 기억하라

잊지 말아야 할 날을 기억하라

가라 날아가라

아픈 한 발을 들고

새 푸르게 기억하라

*괴테Johann Wolfgang von Goethe에게서 일부 따옴

# 우주 끝까지 가볼 참이야

난 이제 가야 할 것 같아
내가 여기로 왔던
저 먼 어둠 속으로

그 길에서는
내가 좀 빛이 날 거야
사랑했으니까
나를 남김없이 불살랐으니까

네가 빛날 땐
내가 보이지 않을 거야
해 아래서 별을 찾는 이는 없듯이

네가 어둠 속을 걸을 때
나는 널 비춰줄 거야
네 곁에서 걸어줄 거야

난 우주 끝까지 가볼 참이야
어둠 속의 빛으로 가는
나의 연료는 충분한 생이었으니까
사랑, 나를 다 사른 사랑으로

별은 너에게로

# 진짜 나로

진짜 장소에
진짜 내 발로
진짜 표정으로
진짜로 말하고
진짜로 살아 움직이는
진짜 사람을 만나야겠다

그러면
지금 여기 딛고 선
나의 근거들이
감정과 욕구와 관계가
이 확실성의 세계가
진짜 얼마나 가짜인지

진짜 살아있는 그곳에
진짜 사람인 그 곁에
진짜 나로 서 보고 싶다

살아서 진짜로
진짜 나로

# 냉정한 것같이

세상은 지금 좋아진 듯 악화되어가고 있다
시대는 지금 진보한 듯 위태로워지고 있다
인간은 지금 똑똑한 듯 무기력해지고 있다

냉정한 것같이 현명해 달라
뜨거운 것같이 성찰해 달라
달콤한 것같이 잔인해 달라

동백꽃

동백꽃의 절정은
눈 위에 붉게 떨어지는 순간

동백꽃의 절창은
땅바닥에 목숨 떨어지는 둔탁

바닥에 떨어져 뒹구는 자가
무슨 말을 하겠는가

그래, 무슨 말이 있겠는가
빨갛게 떨어져 멍이 든 꽃인데

동백꽃 진다

내 가슴에 떨어지는
고요한 천둥소리
붉은 목숨의 노래

깨끗이 온몸 던져
투욱 툭
앞을 향한 투신

흰 눈 덮인 땅에 떨어져
멍든 내 가슴에 떨어져
빨갛게, 빨갛게, 다시 피어나는

동백꽃 진다

## 폭풍의 끝에

바람이
인간에게 바람이
절실한 때가 있다

저 높은 곳에는 먹구름이 일고
땅 위의 것들은 어둡고 습하고
쌓이고 상하고 숨이 막혀갈 때

젊음은 생기를 잃고
나이 든 자들은 지혜를 잃고
익지 못한 것들은 노폐되어
연명의 냄새만을 피울 때

바람이
거센 바람이
필요한 때가 있다

세계를 한번 휩쓸어가는
천둥과 번개와 폭풍의 끝에
푸른 하늘이 오리라

희망의 끝을 예감한 부르짖음이
검은 머리 푼 여인들의 절규가
아이들의 울음이 바람이 되어

폭풍의 끝에
청명한 날이

# 길 잃은 희망

우리가 길을 잃어버린 것은
길이 사라져 버려서가 아니다
너무 많은 길이 나 있기 때문이다

우리가 앞이 보이지 않는 것은
어둠이 깊어져서가 아니다
너무 현란한 빛에 눈멀어서이다

우리가 지금 희망이 없는 것은
희망을 찾지 못해서가 아니다
너무 헛된 희망을 놓지 못해서이다

한번 멈춰야 한다
한번 놓아야 한다

온 우주에 나는 단 하나뿐이듯
진정한 나만의 길은 하나뿐이니

수많은 길을 기웃기웃해도
결정적인 한 걸음이 없다면
다들 달려가는 그 길로 사라지리니

# 우는 능력

울다가
메아리 없는 울음에
나는 뚝 그쳤다
내 나이 일곱 살 때

위협에 휩싸인
세상은 구타였다
나는 빈주먹으로
맞는 법을 알아갔다

그들 앞에 울지 말 것
결코 무릎 꿇지 말 것
맞다가 경련이 일어도
미소를 멈추지 말 것
최후의 순간까지
두 눈을 똑바로 뜨고
적의 눈을 바라볼 것

그리하여 나는 맞고 또 맞고
폭력 앞에 정면으로 맞서며
제대로 웃는 법을 배웠다

제대로 우는 법을 배웠다

하늘은 나에게
단 하나, 우는 능력을 주었으니
우는 이와 같이 울어주고
세상의 큰 울음을 우는
눈물의 은총을 주었으니

나는 울어주는 사랑밖에 없어서,
내 울음이 나의 시이며 기도라서,
오늘도 눈물로 씨를 뿌리니

그 울음으로 별이 뜨고
이슬 젖은 꽃이 피고
새로운 탄생의 첫울음이 울리니

우리들 울음이 끝이 없듯
우리들 사랑도 끝이 없고
우리들 혁명도 끝이 없으니

# 나를 갖고 논다

소파에 비스듬히 누워
리모컨을 갖고 놀다 보니
리모컨이 나를 갖고 논다

내 손바닥에 세상을 놓고
스마트폰을 갖고 놀다 보니
스마트폰이 나를 갖고 논다

편리가 나를 갖고 논다
검색이 나를 갖고 논다
재미가 나를 갖고 논다
소통이 나를 갖고 논다

아무래도 크게 걸려든 것 같다

빅테크가, 바이러스가,
유전자가, 탄소세가, 사이언스가,
전자금융이, 빅데이터가,
거기 숨은 저들이 나를 갖고 논다

내가 갖고 논 것들이

나를 갖고 노는 시대
아무래도 크게 뒤집힌 것 같다
아무래도 크게 뒤엎일 것 같다

# 존재의 정점

지구의 정점에는
빛나는 만년설산이 있다

판소리꾼에게는
저 득음得音의 경지가 있다

사랑하는 사람에게는
찬란한 별의 시간이 있다

모든 것에는
절정의 경지가 있다

지금 보이지 않고 측정할 수 없어도
자신만이 알아챌 수 있는,

누구의 인정도 무시도 아랑곳없이
자신의 온 존재를 걸고 가야만 하는,

시대의 높이가 있다
존재의 정점이 있다

# 사랑이 그러네요

난 정직한 사람이라 들었는데
사랑이 나를 거짓말쟁이로 만드네요

난 현명한 사람이라 들었는데
사랑이 나를 바보처럼 만드네요

난 용감한 사람이라 들었는데
사랑이 나를 초라하게 만드네요

난 한결같은 사람이라 들었는데
사랑이 나를 변덕쟁이로 만드네요

난 명랑한 사람이라 들었는데
사랑이 나를 눈물짓게 만드네요

사랑이 그러네요
그러네요 사랑이

나 벌거벗은 인간으로
오 가련한 한 사람으로

사랑은 다 내 탓이라 하고
사랑은 다 괜찮다고 하고

사랑이 그러네요
그러네요 사랑이

## 세상의 끝에

세상의 끝에
오지가 있다

아니다

오지의 끝에
세상이 서 있다

오지가 사라지면
세상 또한 무너진다

내 안의 시원의 오지가 사라지면
이 땅의 순수한 이들이 무너지면

# 떨림의 생

만년설산이 눈부신 고원 마을에
봄이 오는 이른 아침이었다
흰 구름이 지나가고 눈바람이 지나가고
하늘빛은 눈이 시리게 푸르렀다

돌을 쌓아 지은 작은 집 옥상 테라스에서
흰 수염의 노인이 산정 흰 이마를 바라보며
차를 마시고 있었다

일찍 일어나셨네요 인사를 건넸더니
오래된 무늬가 빛나는 나무 의자를 권한다
차를 따라주고 야크 담요를 덮어주고
고요히 산능선을 바라보던 노인이 말했다

"나는 지금 떨고 있습니다"

순간, 나는 전율했다
생의 떨림, 아침의 고요, 전율의 삶

그래서… 평안해 보이시는군요

노인이 가느란 미소를 지으며 답했다

떨림으로 사니까요
두려움으로 가니까요

많은 사건과 불운이 나를 쓸어갔지만
씨 뿌리고 나무를 심고 야크를 치고
사랑하고 아이를 기르고 이별하고
기도하고 싸우고 재건하고 살리고
그렇게 떨리는 아침으로 살았지요

오늘은 우리 야크가 새끼를 낳는 날입니다
이제 일하러 가야겠네요
저녁에 맛있는 사과 파이를 함께 듭시다

노인은 야크떼가 눈 속의 풀을 뜯는
양지바른 만년설산을 향해 오르고
멀리서 봄볕에 녹은 눈사태 소리가 울리고
높고 깊은 마을의 돌집 테라스에 앉아
나는 떨리는 아침의 생을 지켜보고 있었다

갈수록 위험해지는 인간의 날들에
불만도 불안도 불신도 아닌,

단지 견뎌내는 것만이 아닌,
떨림으로 생생히 살아있는 이 아침

"나는 지금 떨고 있습니다"

오, 떨림으로 시가 내게 오기를
새로운 혁명이 마주 걸어오기를
맑은 눈의 벗들이 찾아오기를
나는 늘 간절한 떨림의 생이었으니

# 가을볕이 너무 좋아

가을볕이 너무 좋아
고추를 따서 말린다

흙마당에 널어놓은 빨간 고추는
물기를 여의며 투명한 속을 비추고

높푸른 하늘에 내걸린 흰 빨래가
바람에 몸 흔들며 눈부시다

가을볕이 너무 좋아
가만히 나를 말린다

내 슬픔을, 상처 난 욕망을,
투명하게 비춰오는 살아온 날들을

# 인간은 영원한 신비다

인간은 세계를 이해하는 만큼
자기 자신을 알게 된다

인간은 자신을 성찰하는 만큼
세상의 실상을 보게 된다

인간은 고귀한 것을 알아보는 만큼
자기 안의 고귀함을 체험하게 된다

인간은 우주의 비밀을 알아가는 만큼
자기 존재의 신비를 깨닫게 된다

인간은 거대한 적에 맞서가는 만큼
자기 안의 크나큰 힘을 알게 된다

인간은 자신을 내어주고 사랑한 만큼
영원한 생의 깊이를 살게 된다

그럼에도 인간은
자기 자신을 다 알지 못한다
결코 타인을 이해하지 못한다

그리하여 인간 그 자신에게

인간은 영원한 오해다

인간은 영원한 신비다

## 산닭의 잉태

우리 동네 장 씨네는 산닭을 친다
종일 야산에 토종닭을 풀어놓고
야생버섯 따듯 산나물을 캐 담듯
달걀을 주우러 다닌다

탁구공만 한 쪼맨 달걀을
김 나는 밥 위에 탁, 깨어 넣고
간장 반 숟갈을 뿌려 먹으면
입안 가득 얼마나 고소하고
향긋한 산의 향이 번져오는지

날마다 공짜로 받아먹는 달걀 땜에
종종 달걀 줍는 일을 거드는데
산닭, 제힘으로 참 치열히 먹고산다

온 산을 누비며 열매와 씨앗도 먹고
부엽토를 헤쳐 애벌레와 지렁이도 먹고
골짜기에서 흐르는 맑은 물도 마시고
휘르르 나뭇가지 위로 날아가 앉고
쉴 새 없이 성실하게 몸을 놀린다

그리도 바쁘던 산닭이
어느 순간 느릿느릿해질 때가 있는데
점점 몸가짐이 학을 닮아가고
마침내 봉황처럼 위엄 어린 자태로
나무 아래 흙을 파고들어 앉는 것이다

아 잉태보다 장중한 상태가 있을까
그렇게 알을 낳은 닭은 나 해냈노라고
다시 한 세계를 낳았노라고
당당한 목소리로 하늘과 땅에 고한다

그렇다
모든 쟁점에 의무처럼 한마디 해야 하고
자신이 사건의 출처가 되고자 앞다투며
말할 기회를 엿보느라 늘 초조하고
남의 말들을 들여다보고 따 올리고
옮겨 대느라 정신없는 자는 분명,
아무것도 잉태하지 못한 자임이 틀림없다

잉태의 깊은 과묵
잉태의 깊은 좌정
잠시 후 한 세계를 낳으리라

# 새해에는 간절하게

새해에는 간절하게
간절하게 살아가기

겨울 산의 나무처럼
간절하게 꿈을 꾸기

언 땅속의 꽃씨처럼
간절하게 피어나기

간절한 가슴으로 사랑하고
간절한 마음으로 희망하고

새해에는 간절하게
간절하게 살아가기

# 진실은 찾아오라 한다

나에게 손쉽게 찾아오는 것들
연달아 맞춰서 추천되는 것들
그것들을 조심하라

그럴 리 없다
진실로 세상의 고귀한 것들이
그렇게 쉽게 주어질 리는 없다

진실은 그렇게 찾아오지 않는다
새로운 진리는 내 감각을 거슬러
상식과 유행을 거슬러 온다

고귀하고 아름다운 것들은
다 나의 두 발로 찾아오라 한다
주어진 것들을 헤치며 찾아오라 한다

나를 울게 하고 떨게 하는 것들은
다 내가 힘들여 찾아간 저 높고 깊고
오랜 곳에서 날 기다리고 있으니

# 시가 괴로운 밤에

사형을 받은 날의 최후진술서처럼
하얗고 아득한 원고지가 놓여 있다
밤은 어둡고 별은 시리고
나는 혼자고 지구는 적막이다

눈보라 치는 흰 설원 길에서
가슴에 품어온 불씨 같은 시를
한 자 한 자 써 내려간다

이런 시대에 시가
무얼 할 수 있을까

한때는 세상을 바꾸진 못해도
나 자신을 지키기 위해
시를 쓰노라 위안했건만
내가 나에게 쓰는 시가
나 하나의 독자인 시가
무슨 부질없는 짓인가

그래도 나는 쓴다
그날의 최후진술처럼

무력한 시를 쓴다

우체통에서 먼지를 쓴 채
받아줄 이 없이 수거되는
편지 같은 시를 쓴다

다들 명석한 자기 확신의 시대에
그들의 옷깃 하나 스치지 못하고
흩어지는 눈보라 같은 시를 쓴다

그러나 이 밤의 지구에 누군가
흔들리고 고뇌하고 서성이며
간절하게 빛을 찾는 사람이 있어
미약하게 부르짖는 소리가 있어

흰 설원의 백지 위에
고요한 몸부림으로
피를 찍어 쓴다

이런 시대에 시를 쓰는 건
고독하고 괴로운 일이나
아직 나에게는
백 병의 잉크를 채울 만한

심장의 피가 남아 있으니

비명 같은 말들을
모조리 사르고 정화시켜
가장 깨끗하고 순수한 말로
최후의 유언처럼 쓴다

그러니 시여
나를 두고 너는 가라
강인하게 살아남아서
네가 꼭 만나야 할 그대의
상처 난 가슴에 피어나라

너의 길을 가라
시여
빛의 시여
피로 쓴 시여

# 어머니의 꽃등불

어머니의 집은 언제나
높다란 산동네 아주 작은 집
언제나 맑은 가난이 흐르는
하늘 가까이에 집을 두시네

어머니의 집은 언제나
동네에서 가장 꽃이 많은 집
좁은 베란다에 촘촘히 놓인 화분에
동백꽃 봉숭아 분꽃 국화를 피우시네

먼 길 떠나는 이 아들이 행여
어느 험한 곳에 길을 잃고 헤매일까 봐
높고 쓸쓸하고 작은 산꼭대기 집에
환한 꽃등불 켜 놓으시네

오늘도 상처 많은 이 아들을 위해
어머니는 어둠 속에 촛불을 밝히며
긴 대속代贖 기도를 바치시겠네
저 하늘 어딘가에서 꽃등불을 켜 놓고

# 맑은 눈의 아이야

이런 시대에 아이가 태어나다니
흰 종이를 놓고 아이의 이름을 지어주며
나는 너에게 무슨 말을 해야 하나

엄마 아빠의 몸을 타고 도착한
별의 아이야 시대의 아이야
시인은 거짓말을 할 수가 없단다

세계는 위험에 가득 찬 곳이란다
인간은 모순에 던져진 존재란다
삶이란 유혹에 올려진 것이란다

하지만 물러서지 말아라
지켜내라 견뎌내라 함께해라
여기 살아있어라

최선을 다하고도 결과가 좋지 않다 해도
겨울나무가 뿌리와 나이테를 키워가듯
긴 호흡으로 그것을 받아들여라

진정한 성공은 한때의 승리에 있지 않고

인생 전체를 두고 자신을 찾아가는
성실한 걸음 속에 있음을 잊지 말거라

어느 날 네가 마주할 실패와 아픔이
너만의 길로 나아가게 하는 이정표라는 걸
어려운 순간마다 기억하여라

아이야
맑은 눈의 아이야
다정한 마음의 아이야

# 행복은 비교를 모른다

나의 행복은 비교를 모르는 것
나의 불행은 남과 비교하는 것

이 광활한 우주에 하나뿐인 나는
오직 하나의 비교만이 있을 뿐

어제의 나보다 더 좋아지고 있는가
어제의 나보다 더 내가 되고 있는가

나의 불행은
세상의 칭찬과 비난에 울고 웃는 것

나의 행복은
덧없는 비교에서 자유로와지는 것

# 그대가 없는 이 지구는

잘 돌아가셨나요
그곳은 어떤가요

그대가 없는 이 지구는
텅 빈 것만 같아요

그대가 떠난 이 행성은
너무 가벼워지고 말았어요

이 적막한 지구에 문득,
나만 홀로 남아있네요

여기 이 땅이, 이런 시대가
난 너무 힘이 드네요

주고 싶어도 받아줄 그대가 없는
이 사랑의 무게를 어떻게 하나요

그대는 지금 어느 은하를 걷고 있나요
먼 저편에서도 내가 보이나요

난 소란한 지구에서 오직 그대만을
이토록 생생히 느끼고 있어요

그대가 남겨둔 일들이 있어
난 이렇게 버티며 살아가요

그 소명 다 하고 '나 약속 지켰다'
웃으며 그대 찾아갈게요

그때는, 부디 그때는,
혼자 가지 말아요

그런 사람이 있어요
지구를 넘어선 사람이요

허무만큼 큰 내 사랑, 안녕
우린 다시 만날 거예요

# 안 되면 안 한다

나에게는 믿음이 있어
꼭 해야만 할 일이 있어
생을 건 그 하나가 있어

안 되면 안 한다
되는대로 한다
꼭 필요하면 될 것이다

우리 인생의 가장 위대한 계획자는 하늘이니
부끄러운 것은 그 믿음을 잃어버리는 것이니

될 일은 반드시 될 것이다
올 것은 반드시 올 것이다

다시 시련이 온다
시련 속에서 계시가 온다
그러니 담대하라

그래 안 되면 안 한다
지금 되는대로 한다
꼭 필요하면 될 것이다

# 위선자들

악인은 누구의 눈에나 보이는
이미 경계되고 낙인찍힌 자
그는 자신을 표적으로 내걸고서
처벌과 청산을 기다릴 뿐

내가 진실로 전율한 자들은
검은 마음을 감춘 우아한 미소로
대중의 선망과 존경을 받아먹는
선과 정의의 위선자들이었다

악은 머지않아 무너질 기득권에
안주하지도 태만하지도 않는다
악은 선과 정의보다 더 빠르게
영리하고 치열하게 몸을 바꾼다

그리하여 새로워진 악은
선과 악의 경계를 흐리며
공정과 상식과 소통 속으로
방사능 공기처럼 스며든다

정치는 이미 악의 공생자

과학은 이미 악의 혁신자
종교는 이미 악의 안식처
지성은 이미 악의 전파자
진보는 이미 악의 분배자

악은 진보한 세계의 저 앞에서
개인이 된 대중 속으로 파고들었고
탐욕의 평등과 다수결 진리로
일상과 유행 속에 운동하고 서식하며
선과 정의를 숙주 삼아 성장한다

그리하여 언제나
내가 진실로 두려워하는 것은
악이 아니라 악의 신비,
선과 정의의 위선자들이었다

# 그냥 참아요

힘들 땐 어떻게 하나요?
그냥 참아요

아픈데 일 시키면 어떻게 하나요?
그냥 참아요

욕하고 때리면 어떻게 하나요?
그냥 참아요

식당에서 밥 나오는 순서가 조금만 늦어도
학교에서 내 아이가 조금만 무시당해도
무엇 하나 참지 않는 이 땅에서

그 좋은 권리와 풍요와 안락을 위해
거칠고 힘들고 더러운 일을 도맡아 하면서
이주노동자 에스라는 오늘도

그냥 참아요

# 첫눈이 함박 내리면

첫눈이 함박 내렸다
산과 들을 덮고 길을 덮고
지붕과 골목을 덮었다

세상이 하얗게 덮이자
모든 것이 엉금엉금 느려지고
모든 것이 더 가까워졌다

땅속의 벌레들도
겨울 숲의 나무들도
거리를 걷는 연인들도
더 가까워졌다

사람들이 서로 갈라지고
세계가 날카롭게 맞설 때
큰 눈은 내려 천지간을
순백의 가슴으로 품었다

함박눈은 푹푹 내려
앞섰다고 뒤졌다고 내달리는
차가운 마음들을

순한 새끼 짐승처럼
크게 안아 아장아장 걸리신다

한번쯤 느린 걸음으로
깨끗한 순백의 마음으로
환하게 가슴 시려 보라고
큰 눈은 푹푹 잘도 내리신다

# 침향沈香

없다
향이

고목의 상처에 응결된
향의 침묵

가만히 스치면
은미한 그대인 양
바람의 옷을 벗고
다녀가시는 향

수많은 세월이 스민
무無의 향기
별들의 숨결이 시린
침묵의 향기

침향沈香

향이 없다
말이 없다

새벽 여명으로
안개 걸음으로
님 다녀가셨나

침향
고요히 문향聞香하니

그렇게 은수자처럼
이 생에 침향으로 왔다가
한번 스쳐가기를

# 형벌처럼 이렇게

나랑 같이 한 길을 걷고
같이 울고 같이 웃던 좋았던 이들은
바람이 부는 대로 떠나고 말았는데

첫 키스처럼 떨면서 덜컥 저지른
내 생을 건 과도한 약속을 지고
왜 나만 홀로 이렇게 남아있는 걸까

다 떠나고 없는데, 정직하게 죽어갔는데,
나는 가장 많이 죽음 앞에 서고자 했고
어떻게든 살아남으려 하지도 않았는데

내가 사랑한 사람들은
너무 빨리 젊어서 죽어갔고
너무 쉽게 변해서 떠났는데

그렇듯 너희는 지고
나만 홀로 여기 이렇게
형벌처럼 살아남아 있는 걸까

젊어서 죽어간 사랑을 품고

변해서 떠나간 상처를 안고
나 홀로

# 금이 가는 가슴

겨울 강을 건넌다
언 강은 쩌엉 쩌엉
금이 가며 내 몸을 받는다

강 가운데서 나는 돌아갈 수도
나아갈 수도 없어 떨리는 걸음으로
내 무게를 받쳐주는 강의 신음을 듣는다

아 나는 얼마나 온몸으로 너를 받았던가
겨울 언 강처럼 너의 무게를 짊어지고
금이 가는 사랑이었던가

내 무게만큼 금이 가는 언 강을 건너며
나는 너를 더 받쳐주지 못해 쩌엉 쩌엉
금이 가는 가슴이었다

# 다시 꼿꼿이 살아가는 법

일단 꼬박꼬박 밥 먹고 힘내기
깨끗이 잘 차려 입고 자주 웃기
슬프면 참지 말고 실컷 울기
햇살 좋은 나무 사이로 많이 걷기
고요에 잠겨 묵직한 책을 읽기
좋은 벗들과 좋은 말을 나누기
곧은 걸음으로 다시 새길을 나서기

# 내 옷을 입고 죽고 싶다

그녀가 죽으러 들어갔다
문학 교수로 잘 살아낸 87 나이에


젊어서나 늙어서나 아름다웠고
긴장미를 잃지 않던 기품 있는 여자


80년대였지
『노동의 새벽』을 내고 수배자로 쫓기던 나는
강남에 있는 그녀의 집필실로 찾아들었지
그때, 늘씬한 드레스에 하이힐을 신고서
담배를 피워 물고 나를 보던 그녀가 말했지


박 시인, 민주화도 혁명도 좋은데요,
난 재수 없게 곱게 자라서 말이에요,
안기부 끌려가고 감옥살이 같은 건 못해요
그니까 당신, 잡히지 마요, 그리고…
나보다 먼저 죽지 마요!


흐르는 상념 사이로
서울 근교의 호텔 같은 요양원으로
꽃을 들고 그녀를 문병한다

자식들과 친지한테 민폐 끼치지 않고
고이 마무리하고 싶어서
여기 들어온 지 1년이 되어가네요

공기도 맑고 풍경도 좋고
문화시설과 식사도 좋고
의료진과 서비스도 좋은데
아무래도 내가 잘못 생각한 것 같아요

뭐가 젤 싫은지 아세요?
다 똑같은 이 요양복을 입는 거요
똑같은 방과 가구와 식사들이요
나란 인간의 취향도 없고 개성도 없는 것들요

더 끔찍한 게 뭔지 아세요?
늘 똑같은 얼굴들과 똑같은 일과를 보내는 거요
나른하고 호화롭게 죽어가는 노인들 속에서
하루하루 연명하다 떠나긴 싫단 말이에요

난요, 내 옷을 입고 죽고 싶어요!
내 책상과 의자에 앉아 내 분위기 속에서
나다운 모습으로 떠나고 싶다고요
내가 살고 일하고 사랑한 기억이 생생한 장소에서

친구들과 후배들과 제자들과 아이들에 둘러싸여
웃으며 안녕, 죽어가고 싶어요

내 인생 전체가 담긴 죽음을,
나 자신에 의한 죽음을 원해요
단 몇 달을 살다 죽어갈지라도
내 인생을 이렇게 살긴 싫다고요
박 시인은 절대로 나처럼 죽지 마요

그녀가 내 손을 잡고 흐느낀다
나는 그녀를 안아주고 그녀가 쓴 원고지와
좋은 일에 써 달라며 건넨 봉투를 받아 들고
검은 정장의 경호원들이 지키는 요양원을 나선다

모두가 여기 들어와 죽기를 선망하나
그녀는 여기 나와서 죽기를 갈망하는 이곳에

# 향사전언 香死傳言

꽃이 진다
꽃이 간다

지는 꽃잎이 바람에
향기를 전한다

향사전언 香死傳言

그대가 떠났구나
가슴 시린 향기여

향기에 쓴 유언이여
바람의 전언이여

# 늘 새로운 실패를 하자

돌아보면
내 인생은 실패투성이

이제 다시는 실패하지 않겠다고
두 번째 화살은 맞지 않겠다고
조용히 울며 다짐하다가

아니야, 지금의 난
실패로 만들어진 나인데
실패한 꿈을 밀어 여기까지 왔는데

나에게 실패보다 더 무서운 건
의미 없는 성공이고
안전한 길에 머무름이고
실패가 두려워 도사리는 것

실패했다는 이유만으로 사라지지 않는다
성공했지만 덧없는 것들이 있고
실패했지만 씨알이 되는 것도 있다
누군가는 새로운 길을 가다 쓰러져야만
그 쓰라림을 딛고 새날은 온다

이제 같은 실패를 반복하지 말고
준비에 실패함으로써
실패를 준비하지 말고
실패를 정직하게 성찰하며
늘 새로운 실패를 하자

# 고독의 나무

눈바람 속에 선 겨울나무는
문득 고독해지는 마음을 피하려 하지 않네
고독은 견디는 것이 아니라
추구하는 것이라는 듯

흰 설원에 우뚝 선 겨울나무는
세상 한가운데 자신을 좌표처럼 세워 두네
나 홀로 처해진 것이 결코
무력한 것은 아니라는 듯

고독하여 나는 오직 나인 것이고
홀로여서 나는 너를 그리워하느니
뜻이 높고 맑아서 고독한 사람을
나는 겨울나무처럼 사랑해왔으니

# 자유는 위험과 함께

새장에 갇힌 새처럼
사육되는 짐승처럼
그렇게 살 순 없어

자유가 위험하다고
죽은 듯이 사는 것은
이미 죽은 삶이니까

자유는 위험과 함께
사랑은 저항과 함께
인생은 만남과 함께

그럴 수 없다면,
살아있어도 우린
산 것이 아니니까

# 내 인생의 마지막 계절이 오면

내 인생의 마지막 계절이 오면
나는 부드러운 흙에서 보내리라

돌을 고르고 흙을 파고
거기에 마지막 나무와 꽃을 심으리라

숨이 차면 오래전 내가 심었던
나무에 기대앉아 아이들을 바라보리라

그리고 사랑하는 사람들과 함께
키 큰 나무 사이로 난 길을 걸으리라

걸으면서 우리가 함께한 노동과 혁명과
슬픔과 기쁨의 날들을 떠올리리라

힘들었다고 좋았었다고 고마웠다고
더 잘해주지 못해 미안하다 말하리라

황혼이 물들고 바람이 스치면 나는
나무처럼 천천히 쓰러지리라

그 자체로 이미 땅이며 물이며
죽어도 대지에 흙을 더할 뿐인 나무처럼

내가 떠난 자리에 새로운 나무가 자라리라
계절 따라 해가 떠오르고 별이 빛나리라

내가 기른 꽃과 나무들과 아이들과
그렇게 오래오래 여기 살아있으리라

# 봉숭아 꽃물

그녀의 가는 손가락에
봉숭아 꽃물을 들일 때면
나는 가슴이 떨려왔습니다
그녀가 붉은 꽃물이 든
손톱을 깎아 나갈 때면
나는 가슴이 저려왔습니다

그녀의 새끼손가락 끝에
붉은 온달이 반달이 되고
반달이 초승달이 되어
아스라이 떠 있을 때면
나는 가을 내내
잠을 이룰 수가 없었습니다

봉숭아 꽃물이 사라지고
희미한 초승달이 질 때까지
이루어지지 못할 사랑이라면
나는 그만 그녀의 손가락 끝에서
마지막 잎새처럼
뛰어내리고만 싶었습니다

# 말라 죽은 나무에

예수가 십자가에 못 박혀 처형되고
긴 순교 박해의 어둠을 뚫고 나온 뒤
그리스도교는 합법화 시대로 접어들었다
그러자 세속화된 영적 위기에 맞서
3세기경 이집트 사막에서 은수자들의
수도원 운동이 생겨날 때였다

스케티스 사막의 언덕 위에
말라 죽은 나무 한 그루가 서 있었다
스승은 제자에게 날마다 물을 길어다
그 나무에 부어주라고 일렀다
제자는 매일 저녁 먼 사막 길을 걸어
새벽녘이 되어서야 물을 길어 돌아와
말라 죽은 나무에 물을 부어주었다

3년이 지난 어느 날,
죽은 나뭇가지에서 기적처럼 새잎이 돋고
열매가 달리는 걸 보았다고 한다

그러나 또 다른 전승에 따르면, 진실은,
그 나무는 그냥 말라 죽은 채였다고 한다

스승이 죽고 젊은 제자도 늙어 죽었으나
사막의 은수자들은 대를 이어가며
죽은 나무에 물을 길어다 주었다 한다

그것은 믿음이었다
그것은 순명이었다
그것은 희망이었다

오늘 우리는 날마다 사막 길을 걸어
마른 나무에 물을 길어다 주고 있다
우리는 잘 알고 있다
그 나무는 그냥 죽은 채로 있을 거라는 걸

그러나 날마다 먼 사막 길을 걸어
물을 길어다 주는 우리 마음의 나무,
그 말라 죽은 나무에서는 푸른 새잎이
돋아나고 있음을 강렬하게 느낀다

나는 결국 실패할 것이다
무력한 사랑 하나뿐인 내가
애타는 마음으로 몸부림쳐도
나의 혁명은 실패할 것이다

우리 인생의 목적지에서 바라보면
가시적 성과는 별로 중요하지 않다
사랑은 화려한 위업에 있지 않다

우리는 위대한 일을 하는 것이 아니라
위대한 사랑으로 작은 일을 하는 것
작지만 꾸준히, 생을 두고 끝까지 밀어가는 것
그것이 내가 아는 가장 위대한 삶의 길이니

# 별은 너에게로

어두운 길을 걷다가
빛나는 별 하나 없다고
슬퍼하지 말아라

가장 빛나는 별은 아직
도달하지 않았다

구름 때문이 아니다
불운 때문이 아니다

지금까지 네가 본 별들은
수억 광년 전에 출발한 빛

길 없는 어둠을 걷다가
별의 지도마저 없다고
주저앉지 말아라

가장 빛나는 별은 지금
간절하게 길을 찾는 너에게로
빛의 속도로 달려오고 있으니

# 끝에서 청춘

시간, 쏜살이다
청춘, 순간이다

번쩍, 하는 사이에
내 젊음은 지나갔다

아무것도 아니었으나
모든 것이 두근대던 시절
세상 모든 것이 나를 보고 있었고
세상 모든 것을 내가 보고 있던 나이

야수와 소년이, 해와 별이,
활화산과 칼데라가, 불꽃과 얼음이,
광인과 시인이, 칼과 꽃이,
수시로 몸을 바꾸며 술렁이던 나이

귀한 줄도 모르고 그냥 주어져 버린
그때, 그 짧은 영원의 순간에
내 운명의 지도가, 첫마음이,
첫사랑과 상처가, 삶의 좌표가
내면에 빛의 글자로 새겨져 버린 나이

이제 와 생각하니
맨가슴엔 불안과 고뇌가 많아서
맨주먹엔 슬픔과 분노가 많아서
그래서 나, 생생히 살아있던 나이

다시 한 번, 단 한 번만이라도
가닿고 싶어도 끝내 갈 수 없는
저 신화의 땅
찬란한 초원

왜 신은 인생에서 가장 귀중한 선물을
귀한 줄도 모르는 젊은 날에
저주받은 축복처럼 던져준 걸까

가을 길을 걸으며 나는 생각하네
신은 청춘을 인생의 처음에 두었으나
나는 인생의 끝에 청춘을 두고서*
푸른 절정으로 불살라갈 거라고

그래, 나는 시퍼렇게 늙었다
나는 번쩍, 푸르러가고 있다


*아나톨 프랑스Anatole France에게서 일부 따옴

## 그리움이 길이 된다

나는 기다리는 사람
그리움을 좋아한다


나는 그리움에 지치지 않는 사람
너에게 사무치는 걸 좋아한다


기다림이 지켜간다
그리움이 걸어간다


이 소란하고 쓸쓸한 지구에
그대가 있어주는 것만으로도
눈물 나는 내 사랑은


그리움이 가득하여
나 어디에도 가지 않았다


치열한 그리움 속에 너를 담고
텅 빈 기다림으로 나를 지켰다


나는 그리운 것을
그리워하기 위해

그리움을 사수하고 있다

기다림이 걸어간다
그리움이 길이 된다

# 시인의 각오

예술가의 타락은
이로부터 시작된다

이익을 밝히는 것
권력과 손잡는 것
대중을 따르는 것

시인은 혁명가다
원칙은 세 가지다

가난할 것
저항할 것
고독할 것

# 가라, 아이야

난 여기까지인 것 같다
우리의 동행은 여기까지다


자, 눈이 올 테니 내 외투를 걸치거라
남은 물과 식량도 챙기거라
내 칼이 좀 더 예리하니 이걸 써라
여기 남은 총알도 가져가라
난 최후의 한 알이면 충분하니까


마지막으로 전할 것이 있구나
언제인지 모를 저 오랜 시간 동안
앞서간 이들에게 물려받아 내가
여기까지 품고 지켜온 불이란다
이제 불을 운반하는 건 너의 몫이다


난 일생을 다해 여기까지 왔으니
이곳에서부터 시작하는 너는
훨씬 높고 멀리 날아오를 것이다


자 가라, 아이야
나는 너의 과거, 앞선 과거다

너는 나를 딛고 나아가라
너의 일을 하고 너의 싸움을 하라

그리고 기억하여라
어느 날 길을 잃어 막막하거나
더는 갈 수 없다고 비틀거릴 때
네가 품은 불을 들어보아라
밤하늘의 별빛을 바라보아라
어둠 속에서 눈물 속에서 네가 부르면
나와 이야기할 수 있을 것이다

네 등 뒤의 어둠은 내가 지킬 것이다
너를 쫓는 추적자들은 여기에서
내 마지막 힘을 다해 막을 것이다
이제 돌아보지 말고 너의 길을 가라
자 가라, 아이야

고원을 달려가던 아이가 탕!
산맥에 메아리치는 최후의 총성을 들으며
돌아서 두 손 모아 큰 절을 하고
다시 저 높은 곳을 향해 나아간다

생애 내내 깨어 싸워온 나는

순명의 밤으로 저물어가려 한다
네게 희망의 불씨를 물려주었으니
아이야, 너는 너의 새벽길을 가라


가라, 아이야

# 너의 하늘을 보아

네가 자꾸 쓰러지는 것은
네가 꼭 이룰 것이 있기 때문이야

네가 지금 길을 잃어버린 것은
네가 가야만 할 길이 있기 때문이야

네가 다시 울며 가는 것은
네가 꽃피워 낼 것이 있기 때문이야

힘들고 앞이 안 보일 때는
너의 하늘을 보아

네가 하늘처럼 생각하는
너를 하늘처럼 바라보는

너무 힘들어 눈물이 흐를 때는
가만히 네 마음 가장 깊은 곳에 가 닿는

너의 하늘을 보아

# 박노해

1957 전라남도에서 태어났다. 16세에 상경해 노동자로 일하며 선린상고(야간)를 다녔다. 1984 27살에 첫 시집 『노동의 새벽』을 출간했다. 이 시집은 독재정부의 금서 조치에도 100만 부가 발간되며 한국 사회와 문단을 충격으로 뒤흔들었다. 감시를 피해 쓴 박노해라는 필명은 '박해받는 노동자 해방'이라는 뜻으로, 이때부터 '얼굴 없는 시인'으로 알려졌다. 1989 〈남한사회주의노동자동맹〉(사노맹)을 결성했다. 1991 7년 여의 수배 끝에 안기부에 체포돼 24일간 고문을 당했다. '반국가단체 수괴' 죄목으로 사형을 구형받고 환히 웃던 모습은 강렬한 울림을 남겼다. 결국 무기징역을 선고받고 독방에 갇혔다. 1993 두 번째 시집 『참된 시작』을 펴냈다. 1997 옥중에세이 『사람만이 희망이다』를 펴냈다. 1998 7년 6개월 만에 석방됐다. 이후 민주화운동가로 복권되었으나 국가보상금을 거부했다. 2000 "과거를 팔아 오늘을 살지 않겠다"며 권력의 길을 뒤로 하고 비영리단체 〈나눔문화〉(www.nanum.com)를 설립했다. 2003 이라크 전쟁터에 뛰어들면서, 세계의 가난과 분쟁 현장에서 평화활동을 이어왔다. 2010 낡은 흑백 필름 카메라로 기록한 첫 사진전 「라 광야」展과 「나 거기에 그들처럼」展(세종문화회관)을 열었다. 시집 『그러니 그대 사라지지 말아라』를 펴냈다. 2012 나눔문화가 운영하는 〈라 카페 갤러리〉에서 박노해 사진전을 상설 개최하고 있다. 2014 아시아 사진전 「다른 길」展(세종문화회관) 개최와 함께 사진집 『다른 길』을 펴냈다. 2022 12년 만의 시집 『너의 하늘을 보아』를 펴냈다. 2024 첫 자전수필 『눈물꽃 소년』을 펴냈다. 감옥에서부터 30년간 써온 한 권의 책, 우주에서의 인간의 길을 담은 사상서를 집필 중이다. '적은 소유로 기품 있게' 살아가는 삶의 공동체 〈참사람의 숲〉을 꿈꾸며, 오늘도 시인의 작은 정원에서 꽃과 나무를 기르며 새로운 혁명의 길로 나아가고 있다.

박노해의 걷는 독서 🅕 parknohae ⓞ park_nohae

박노해 시집

# 너의 하늘을 보아

초판 30쇄 발행 2024년 10월 9일
초판 1쇄 발행 2022년 5월 13일

지은이 박노해
편집 김예슬 교정 윤지영
디자인 홍동원 윤지혜
홍보 이상훈 이희순 이현지
마케팅 신소현 최재희

종이 월드페이퍼 인쇄 천광인쇄사
북크로스 (주)아시아프린팅
제본 광성문화사 후가공 신화사금박

발행인 임소희 발행처 느린걸음
출판등록 2002.3.15 제300-2009-109호
주소 서울시 종로구 사직로8길 34, 330호
전화 02-733-3773
이메일 slow-walk@slow-walk.com
인스타그램 @slow_walk_book